U0065950

watashi igai

tono

LOVE COME ha

yurusanain

dakarane

羽場楽人

插畫：イコモチ

Kadokawa Fantastic Novels

七村龍
天賦優異的籃球社男生。
戀愛經驗豐富。
瀨名希墨
性格是好好先生的班長。
與夜華成為情侶關係。
Es

# 除了我之外，你不准和別人上演愛情喜劇 2

watashi igai tono LOVE COME ha yurusanain dakarane

羽場楽人

插畫：イコモチ

Kadokawa Fantastic Novels

# 第一話　雖然幸福快樂，但這當然不是結局

「我和有坂正在交往。夜華是我的情人。」

自從在同班同學面前發表情侶宣言之後，我們的高中生活發生了各式各樣的事。

畢竟我心愛的情人可是那個有坂夜華。

全校最高不可攀的美少女總是受到眾人矚目。

而她的交往對象，我瀨名希墨，是個典型的不起眼平凡高中男生。

當然不用多說，永聖高級中學校內充滿了「真虧落差這麼大的情侶也能誕生」這樣的言論。

真是愛管閒事瞎操心。

戀愛是群體最關注的話題。

即使在旁人眼中並不相配，我和夜華也情投意合。

完美無缺的優秀美少女，意外地缺乏自信。

而她唯一敞開心房的對象就是我。

我們有時歡笑、有時吃醋，以自己的步調愉快地交往下去。

我們的熱戀經過歲月流逝也未曾冷卻，高中畢業後，兩人就讀同一所大學。我們於求學期間開始同居，度過了充實的四年。

然後在出社會的第二年，我向她求婚了。

夜華沒有像我第一次在校舍後方的櫻花樹下告白時那樣逃走，這次她毫不猶豫地答應了。我們度過安穩的新婚生活，在不久後喜獲麟兒，一家人相親相愛地度日。可喜可賀，可喜可賀。

啊，這是多麼美好的快樂結局。我的生涯沒有一絲悔恨。

瀨名希墨的人生，完。

——這些情節當然是我心急的妄想。

從一開始的第一句話之後，完全是我在逃避現實。

當然，正在與有坂夜華交往，目前就讀高中二年級的我的確很快樂沒錯。

為了邁向這個理想中的未來，我下一步想要和夜華在假日約會。

然而，即使是兩情相悅的甜蜜情侶，也未必就能實現假日約會。

「你究竟在想什麼啊，希墨你這個大笨蛋！」

「瀨名同學！你知道我費了多大的力氣，才平息你們的事情嗎！」

在我發出情侶宣言當天的放學後，學生指導室。

我正在接受有坂夜華與班導師神崎紫鶴狠狠地訓話。

情人與班導師一起出席的三方會談，這是什麼超現實的狀況啊。
我遭到她們雙方毫不留情的責備。
「喂，希墨。你有好好在聽嗎？」
我心愛的情人夜華，正以前所未有的猛烈之勢說話。
她有一副纖細而起伏有致的出眾好身材。四肢修長，與豐滿的胸部與臀部相反，腰肢細得令人驚訝。
不知是因為羞恥感還是憤怒，她宛如新雪的白皙肌膚泛起紅暈。撥起的長髮充滿光澤，看來彷彿在發光。一雙大眼睛像鏡子般透亮，只注視著我一人。濃密地勾勒出眼睛的睫毛，長得足以在臉頰落下陰影。左眼眼角的淚痣很迷人。淡粉色的櫻唇讓人不禁將目光停駐其上。
「我在聽啊。我只是看情人看呆了而已。」
即使生氣也很美麗，夜華的魅力真是深奧。
不僅是五官造型上工整，喜怒哀樂的每一個表情也惹人憐愛。
我能夠永遠注視著夜華的臉龐。
我深深迷戀夜華，甚至連她凌厲的眼神都感覺只像是舒適的按摩。至少，我立刻就看出，夜華現在會生氣是害羞的反轉反應。
「我、我可是認真地在提醒你！」

夜華為了我率直的一句話輕易地動搖起來。那青澀的反應每一個都好可愛。
如果這裡不是學生指導室，我應該會更加享受夜華的反應吧。
「我也是認真地這麼覺得，所以才坦率地回答而已。」
「我是說，那種態度叫脫線啦！」
「妳明明也暗爽在心裡的。」
我直盯著夜華的眼眸。
光是這樣，她又害羞地別開目光。
「別以捉弄我為樂了。希墨，你興奮過頭了。」
「……——唉，好像是吧。」
聽到夜華指出這一點，我自覺到自己的情緒相當興奮。
「你沒發現嗎？你到底有多傻里傻氣啊？」
「我當然會變得傻里傻氣啦。我和夜華正在交往的事情正式公開了耶。當祕密的情侶雖然也不錯，現在我可以說出我的女朋友就是有坂夜華了，坦白說我很高興。」
夜華在今年四月接受了告白，我們展開交往。
出於不擅長應付他人關注的夜華的希望，我們當初隱瞞了正在交往的事。
可是，有人撞見了——我們於某個假日的早晨在車站前告別的身影。
有坂夜華和男人過夜，直到早上才回家的傳聞，轉眼間傳遍學校。

面對前所未有地受到關注的狀況，夜華難以忍受地衝動提出分手。不過在可靠朋友的協助之下，我們順利地恢復了情侶關係。

我再也不想體驗那種失落感了。

所以，我才會發出情侶宣言。

「……希墨你為此感到高興，我也很開心。我自認很清楚這一點。可是，令人難為情的事還是會難為情！只要像至今一樣祕密交往，對我來說明明就足夠了。」

不知是神明過度關照，還是ＤＮＡ認真過頭了？

有坂夜華這位稀世的美少女非常引人注目。

被那份美麗吸引過來的周遭目光，對她而言似乎從小開始就只是種壓力。

由於這個緣故，她變得澈底厭惡他人。

對視線很敏感的夜華，一到下課時間就會躲進位於校舍角落的美術準備室，極力避免與他人有所交流。

在教室裡，她會發揮與生俱來的冰山美人氣質，把同班同學澈底推得遠遠的。

周遭的人也會揣度她的想法，就這麼保持這種狀態直到現在。

我也是在去年的夏季開始前往美術準備室後，才知道全校第一高不可攀的美女，其實有溝通障礙。

「別想得太嚴重，我們沒做虧心事吧。只要發出宣言，就算在教室裡也可以堂堂地卿卿我我嘍？」

「我、我覺得太不知節制不好。如果過度黏在一起，說不定立刻就會厭倦吧……」

「我不可能會厭倦夜華！」

「謝、謝謝——不是這樣！」

聽到我乾脆地回答，夜華似乎在極力忍耐不讓臉上露出笑容。

「我知道了。在教室裡我會忍耐，相對的，兩人獨處時我就不會客氣了！」

「問題不在那裡啦！」

「那麼擺出冷淡的態度比較好嗎？感覺好寂寞。」

「那、那個，這個……」夜華吞吞吐吐起來。

嘴巴上說討厭卿卿我我，夜華卻露出了彷彿在說「那樣或許也不錯」的表情。

「一邊拌嘴一邊打情罵俏，你們可真靈活啊。還是當著老師面前。」

神崎老師面無表情地說出冷淡的感想。

「啊，被發現了？」「才不是那樣！」

「你們也站在我被迫看情侶吵架的立場想想吧。」

神崎老師就像忍受著頭痛般將手指抵在額頭上。

天敵神崎老師的那種反應，惹得夜華不高興了。

「是否要公開交往關係是你們個人的問題，我不該干涉。可是！事情有所謂適當的時機！偏偏選在傳聞剛平息後發出情侶宣言，是什麼用意！也多少考慮一下我的辛苦吧？」

文靜的神崎老師難得地多話。

她是以一頭絲緞般的黑髮令人印象深刻的和風美人。一舉一動都優雅且毫無冗贅之處。坐在椅子上的模樣，美得宛如一幅畫。這樣散發成熟高雅魅力的古典日本女性，以知性的眼神瞪視著我。

為了平息在外過夜的傳聞而行動的檯面下功臣，顯然十分不滿。

當我在今天早上的導師時間發出情侶宣言之後。

同學們在調侃之餘紛紛送上祝福，唯獨老師始終保持沉默。她當時壓抑的情緒，此刻似乎正在爆發。

「不過，老師妳不是也說過，要我來扮演夜華的橋梁嗎？」

「瀨名同學，我拜託你的事情，是協助不擅與人相處的有坂同學跟其他學生進行交流。是作為溝通的窗口，全面支援她的學校生活。我沒有叫你利用班長的立場對她出手。」

身為我倆愛情邱比特的老師用了相當直接的說法。

當然，我很清楚老師不喜歡我的作法。

即使如此，除了那個時機以外，我不可能發出情侶宣言。

「這只是我擔任班長恰巧成為了我們戀愛的契機而已！」

我利用班長的立場接近夜華，把她騙上手。

依觀點而定，也不是不能這麼解釋。

不過，戀愛的契機就是這樣的吧。就算一開始沒有那個意思，在相處的過程中產生了特別的好感，只是這樣罷了。

「……瀨名同學出手的速度意外地快呢。」

老師像黑曜石般的眼睛懷疑地直盯著我。

「沒這回事吧。我花了超過半年的時間才告白喔。如果我有那種戀愛技巧，我們從一年級時就開始交往了。而且，我在更早以前就會交到女朋友了。」

「很難講喔。」

神崎老師始終保持懷疑態度。

「希～墨～你在很久以前曾有跟其他女生交往的機會？」

夜華發出宛如來自地獄深處的聲音。別只有在這種時候才贊同自己的天敵啦。

「我只是打個比方！我至今與以後都一心愛著夜華！」

「又像這樣打情罵俏了。」老師無言以對。

「老師！我們純粹是情投意合！是純純的愛！是認真的交往關係。」

「我沒有要求你開記者說明會。」

神崎老師態度冷淡，她始終保持淡淡的口吻繼續訓話。

「這是我和希墨的問題，沒道理聽外人說三道四吧！」

夜華也沒有默不作聲的單方面聽訓。

「我是你們的班導師。給予學生適當的指導，避免學生因為糊塗的行動蒙受不必要的損失是我的職務。」

「那是過度干涉！我們只是公開了正在交往之事。這種程度的事情，有必要叫人來學生指導室嗎？」

當老師一開始訓話，夜華便轉而維護我。

夜華對於神崎老師反應過激。

「有坂同學也是保護過度呢。我找的人『只有』瀨名同學而已。」

「我也在場會有什麼不方便的嗎？」

「坦白說，妳比預期中更礙事，讓我沒辦法和瀨名同學談重要的事。」

老師過於直接的說法，讓夜華也不禁啞口無言。

「妳們都冷靜一點。我只是考慮到與夜華的未來，直率地公開了我們在交往的事情而已。」

「這是誰的錯啊！」「請問這是誰的錯呢！」

美少女和美女同時對我發火。

「妳、妳們說話好有默契。看吧，積極的變化已經發生了。」

我也不是臨時想到就公開交往消息的。

只要能一直和夜華在一起，光是這樣就夠了。

就算保密到畢業，我們的感情也不會冷卻吧。

只是，公開我們的交往，我就可以跟夜華度過更快樂的高中生活。因為這麼想，我才會付諸行動。

「啊～真是的，今天過得好慘！都怪一大早希墨滿臉得意地說什麼『夜華是我的情人』，消息都傳遍全校了。結果在走廊上走動，盯著我看的人變得比平常更多，真是糟糕透頂。然後放學後還得被迫聽老師諷刺挖苦。」

夜華噘嘴。

為什麼夜華會如此敵視神崎老師呢？

我反倒覺得，再也沒有比她更好的老師了。

神崎老師高雅又溫柔，正可說是女性的表率。她聰明又隨時保持冷靜沉著。當學生有煩惱找她商量，她會給予準確的建議。

從永聖畢業的夜華的姊姊也是老師的學生，而且還很仰慕她，在畢業後也會互相聯絡，繼續往來。

正因為神崎老師與夜華的姊姊之間的聯繫，那個傳聞才得以無事平息下去。

雖然即使是姊妹，也未必都會喜歡同一位老師。

「擅自跟來的人不是有坂同學嗎？」老師輕聲嘀咕。

我在夜華再度用言語攻擊老師前先開口道歉：

「沒有事先商量是我不對！不過，如果告訴夜華，妳會說不行吧？」

「那是當然的。」

「所以我只能突擊宣言了吧。」

「這是哪門子歪理啊。」夜華把頭撇向一邊。

「看到班上的反應，妳知道的吧。大家都察覺到了。在班際球賽決定競賽項目時的逃跑、在籃球賽上替我加油、讓扭傷的我扶著妳的肩膀，陪我去保健室。然後是關鍵的在外過夜傳聞。要是交往的事情日後曝光，被翻舊帳的話，大家會用更加露骨的視線盯著妳看喔。而且——妳有辦法以後也壓抑自己的感情不表現出來嗎？」

我有條有理地說明情侶宣言的必要性。

事情曝光的條件早已齊備，要隱瞞也有極限。

明星氣質出眾的夜華，一舉手一投足都會吸引他人目光。

夜華對於那種狀況感到厭煩，一直以來都用澈底漠不關心周遭事物來減輕自己的壓力。

像這樣不跟任何人交談的夜華的日常生活中，發生了我這個例外。

平常明明很冷靜，只有在事情涉及我的時候，才會情緒化又大膽的行動。

簡單的說，夜華的戀慕之情在旁人眼中也是外洩狀態。

「……大概沒辦法。」

她本人似乎也對此漸漸萌生自覺，不情願地承認道。

與其半吊子地隱瞞，再度變成眾人竊竊私語的傳聞目標，趁現在公開會好得多。

「就是說吧？而且妳比自己所認為的與周遭的人溝通得更好，不需要過度畏懼。我也會隨時支援妳的。」

我明白這是種激烈的療法。

儘管如此，只要有最初的契機，第二次、第三次就會漸漸適應，人就是這樣的。最重要的是，我會全力守護夜華。

「嗯……」

「而且，也不能讓老師特地費心給予的幫助白費。」

「我是附帶的嗎？」

神崎老師的話中依然帶刺。

「嗚嗚，別人要再多對我漠不關心一點啊。」夜華恨恨地說。

「真是奢侈的煩惱。有坂同學的壓力來源又不是只有外表問題而已。」

「包含各方面難搞的性格在內，都是夜華的一部分，我也喜歡就是了。」

神崎老師與我進行客觀的意見交流。

「別在那口無遮攔地道人長短！我要回家了！」

夜華揹起書包。

「咦，今天不約會了？」

「不去了！」

「難得我想和妳商量假日約會的事情的說。」

「假、假日約會？」

我的一句話讓夜華停下腳步，積極追問。她似乎很感興趣。

「看來有坂同學對瀨名同學非常寬容呢。」

「唔——你、你至少給我反省一天吧！你一個人回家！今天也禁止傳LINE訊息給我！」

看吧，她又像這樣衝動地脫口而出了。

反射性地對老師的話做出反應後，夜華就像要斬斷誘惑般先走了出去。

「……只有一天的話那就忍耐吧。」我老實地接受了情況。

四月也進入下旬，黃金週即將到來。

第一次的假日約會，我想好好地安排好約會行程再出遊，讓夜華玩得盡興。

——這時候我還無從得知，在假日約會實現之前，會經過比想像中更多的波折。

夜華跑回去後，我和神崎老師一對一重新面對面。

「有坂同學明明那樣大吵大鬧，卻會立刻原諒你呢。」

「在兩人獨處時，她都是那個樣子。」

「光是在眼前打情罵俏就叫人看不下去了，有坂同學那樣迷你迷得神魂顛倒，算什麼呀？我看瀨名同學果然是情場老手吧？」

神崎老師直到現在仍然在懷疑這一點。

「如果我戀愛經驗豐富，就不會被情人這樣耍得團團轉了啦。」

「不管是多麼老練的男性，面對有坂同學都會難以應付的。」

神崎老師如此斷言後往下說。

「戀愛經驗與認真愛慕對方是兩回事。有坂同學會選擇你，是因為她感覺到你的感情足以信任吧。」

真是至理名言。

這是成熟女性的發言。神崎老師果然經歷過許多戀情嗎？

「……不管怎麼說，老師能夠體諒我們的感情吧。」

「從有坂同學的態度來看，我不認為瀨名同學這次的判斷下得太過倉促，這一點我也同意。」

「那麼──」

「可、是！我個人並不滿意！真是的！給我做出這種大膽的舉動！」

我要訂正。她的心情一點也沒有好轉。我去年也在神崎老師手下擔任班長，但這是我第一次看到她如此情緒外露。

「……妳這麼不滿意嗎？」

「我不滿意。不心服。覺得不滿。」

對任何事都不為所動，態度淡然的神崎老師明確地皺起眉頭。

「不能原諒我嗎？」

「其實，高中生早上才回家並不稀奇。高中就是這樣的年紀。然而，只要有一步做錯，就會釀成大事。這一點請別搞錯了。要做到有分寸的交往！」

「我會銘記在心！非常抱歉！」

我挺直背脊，明確地表達反省之意。

「……不過關於瀨名同學，我基本上是信任的。危險的反倒是有坂同學吧。一碰到關於情人的事，她就會太過熱情，或者說奮不顧身。原來她也有那樣的行動力呀。」

「不愧是連續兩年擔任班導，老師對於夜華了解得真清楚。」

我同意她精準的夜華短評。

「戀愛的力量真可怕，居然能從有坂同學身上引發那麼強大的積極性。」

「因為夜華本身本來就是任何事都做得到的人。所以在某種意義上，她只是發揮了原有的力量。」

「這就是戀愛中的少女是無敵的吧，雖然感覺有一點失控。」

神崎老師佩服地說，但又顯得有點不甘心。

「老師看出了那麼多嗎？」

「每天站在講台上，自然會察覺學生的變化。自從去年瀨名同學開始前往美術準備室以來，她漸漸地改變了，現在已經變得判若兩人。」

「差異有那麼大嗎？我覺得她在教室裡還是老樣子。」

「因為她只要一有空，目光就會追逐著瀨名同學。」

神崎老師彷彿想起了那個情景，嘴角浮現微笑。

「嫉妒真是可愛。她對你與女老師兩人獨處抱持著戒心，才會跑來一起出席。」

「那挨了兩倍訓話的我的立場該怎麼辦？」

「那是你自作自受。」

「不如說，老師。妳是什麼時候發現我和夜華在交往的？」

「我是在班際球賽時確定的。看到你如同回應自己的加油聲般，在時間所剩無幾時漂亮地投進逆轉致勝跳投，就算不是有坂同學，會心情激動也是當然的。」

「老師也偷偷為我加油，還為我的表現感到心情激動嗎？」

「我失言了，請忘掉吧。」發現我得意的偷笑，老師用冷淡的態度試圖掩飾。

「妳為此感到高興的話，我受傷也值得了。」

「你這樣的一面讓我擔心啊。瀨名同學有輕視自身的疼痛與辛苦的傾向。」

神崎老師顯得有些寂寞地說。

「……那就是今天老師找我過來的真正理由嗎？」

我直覺地領悟到。

「能夠確切地對他人的心情懷著同理心，是你的長處。我看重你擅長照顧人這一點，拜託你擔任班長也是事實。不過，你要注意別過度貼近他人，連他人的痛苦都一起承擔。」

「就是不要跟別人過度共鳴的意思嗎？」

「只要發現以後，你就無法坐視不管。你會拚命想解決別人的問題，有時不惜自己受傷。那就是我擔心的地方。」

老師所說的是去年夏天的那件事吧。

當時加入籃球社的我，由於跟別校進行練習賽時發生的鬥毆事件退社了。為了保護隊友七村龍，當時我發出了抗議。我並不後悔。

我無法容許嫉妒與無聊的吹毛求疵毀掉優秀的才能。

但是，神崎老師大概還很介意無法推翻我的退社處分一事。

「我會妥善處理。謝謝關心。」

我將老師的話銘記在心。

「就這麼做吧。我要說的是，多管閒事也要適可而止。有時候無自覺的溫柔會造成適得其反的結果。否則的話，有坂同學又會嫉妒喔。」

「嗚！」老師奇怪的告誡，讓我不禁詞窮。

「……瀨名同學，難道說你已經經歷過了？」

老師瞇起眼睛。我逃也似的離開了學生指導室。

我關緊學生指導室的門，匆匆跑到走廊轉角躲起來。

「……真是的，為什麼神崎老師這麼敏銳？」

出乎意料地被她說中，我的心臟狂跳個不停。

昨天，就像抓準了我被夜華甩掉後那一瞬間的空檔，同樣擔任班長的支倉朝姬向我告白了。

當緊接著出現的夜華熱烈地表明她正與我交往，朝姬同學就乾脆地罷手了。朝姬同學那成熟的行動，真的讓我很尊敬。

「啊啊～～？發出情侶宣言太焦急了嗎？難道我這一步沒做好嗎？瀨名希墨，你搞砸了嗎！」

我趁著周遭沒有人影，放聲大喊。

被單方面提出分手、被來自朝姬同學出其不意的告白，再加上從慘烈局面復合，我的情緒曲線也相當激烈地大幅波動著。

老實說，我有一部分是在那股衝勁與熱情之下情緒高漲而做出情侶宣言的。

不過，我單純地認為，只要公開我們正在交往，向夜華告白的人應該會減少。

明知對方有情人還特地來追求的人，不是非常有自信就是沒有策略的特攻隊，或是無法按捺好感的純真之人吧。

無論如何，對她出手的人減少，夜華的精神負荷應該也會減輕。

——這麼說一半是事實，一半是場面話。

其實，其中也包含我的獨占欲。

雖然說她是美女所以無可奈何，但看到情人被其他男人搭訕，坦白說並不愉快。

「我不知道。夜華的那個反應應該是在掩飾害羞，但我還是覺得不安啊——？」

實際上，有生以來第一次交到女朋友，我也相當興奮。

因為經驗不足，我無法確信對方的心情。

反倒會想太多而更加煩惱。

「嗚嗚，一天不能聯絡就好寂寞。」

開始交往後，我們每天都用LINE互動。

一收到訊息就馬上回覆，這已經成為每日必做的事。

突然遭到禁止，在精神上好難熬。

「因為在老師面前，我耍帥說了什麼『只有一天的話那就忍耐吧』，但要是她不高興的時間變長的話怎麼辦……」

沒想到會因為情侶宣言這個契機變得禁止聯絡，出乎我的意料。

我從口袋裡拿出手機，點擊夜華的名字。

「要若無其事地傳訊息過去嗎？啊，可是我又怕被已讀不回……」

我甚至連要不要傳個簡單的結束報告，說「我被放出學生指導室了」都很苦惱。

「至少傳句道歉過去吧？她或許會意外地輕易原諒我。不，可是在她心情不好的時候做多餘的事火上澆油也不太好。還是就如她宣告的一樣，忍耐一天好了？」

誰來告訴我這種時候的正確應對方式吧！

當我手指沒有打出任何訊息就只是站在走廊上發愁時，有人從我背後呼喚。

「在走廊上又是大叫又是煩惱的，你還真忙。你是可疑人物嗎？」

那是道耳熟的女孩聲音。

從那種調侃的說法，可以感覺到瞧不起我的味道。

會用這種囂張態度對待我的女生，我只知道一個人。

不過，那個人物不可能在這裡。

「——」

為了確認聲音的主人，我慢慢地回過頭。

站在黃昏走廊上的，是個符合時下潮流的時髦女高中生。

染成奶茶色的淺棕色頭髮長度在肩膀之上，微捲的髮梢輕盈。富含光澤的嘴唇配上淡妝。脖子上戴著一條不至於太過顯目的小項鍊。制服外套下穿著黑色連帽薄外套，拉鍊只拉到腹部。裁短的裙子下是粗細勻稱的健康雙腿。或許是由於踝襪的襯托，腿看起來顯得更長了。領口的鈕釦沒有扣上，可以看見鎖骨，蝴蝶結也打得鬆鬆的。

她用適度的休閒穿法穿著制服，享受屬於自己的時尚風格。

還有，她套著嶄新的室內鞋。

「一年不見了，希學長。」

「……紗夕？」

「沒錯。你很驚訝嗎？」

「真的是幸波紗夕嗎？」

「為什麼用全名叫我？我可不會讓你說出你忘了我的長相這種話喔。」

紗夕這麼說著走過來，仰望我的臉龐。

輕輕飄進鼻尖的香味，的確屬於她喜歡的洗髮精牌子。

「不，我記得。我當然記得。」

她名叫幸波紗夕。

跟我讀同一所國中，而且是我在籃球社小一屆的學妹。

她穿著永聖高級中學的制服，出現在我眼前。

# 幕間一

當我在學生指導室前邊玩手機邊等候時，門突然打開。

衝出來的人是同班同學有坂夜華，綽號夜夜。

「咦，只有夜夜一個人？」

「宮內同學？妳怎麼會在這裡？」

「我本來想著要安慰陷入沮喪的朋友，但看來沒那個必要呢。墨墨還在挨罵嗎？」

「希墨應該再多反省一下！」夜夜鼓起腮幫子氣呼呼地說。

「妳心情不太好呢～妳那麼討厭情侶宣言嗎？」

明明就像要去救援男朋友般英勇地一起出席，結果夜夜卻一個人出來了。

「與其說討厭，不如說困擾……大家居然都知道我和希墨在交往了。」

漂亮系的女孩突然不知所措起來。

就算不是男生，也會為了那個落差心動。

「夜夜好奸詐～不管做什麼都很可愛。」

「咦，很怪嗎？」

「不，我覺得很好。冷靜的夜夜這樣的一面很珍貴。」

我滿心愉快地接受了相貌端正的朋友展現的情緒化一面。

「吶，宮內同學。難得有機會，妳可以聽我說說話嗎？」

她主動提出邀約，還真少見。

「不等墨墨沒關係嗎？」

「今天就讓希墨一個人回家吧。不給他點懲罰，他會得意忘形。」

「一個人回家是懲罰啊……」

對夜夜來說，一天不能跟情人一起放學，好像就很難受。

如果她當真認為那種程度算是懲罰的話，她到底是有多迷戀墨墨啊。

「咦？很過分嗎？我忍不住說了也禁止傳LINE……」

她無止境地迷戀著他。

「沒什麼大不了的啦。而且妳明天就會原諒他吧？」

「嗯、嗯。今天我也會設法忍耐一天。」

全校第一美女明顯地陷入沮喪。

「不，夜夜妳已經顯得很難受了！」

我用Oversize連帽外套過長的袖子拍打她，不禁轉而吐槽。

「很快耶？也太快了吧。明明才剛走出學生指導室，妳已經後悔了？像這樣衝動行事，跟妳甩掉墨墨的時候一點也沒變！」

身為幫助幾乎分手的他們復合的人，我忍不住叱責。

「我知道。不過即使想著必須保持冷靜，當我回過神，話已經脫口而出……」

「下次我就幫不了妳了。」

我故意用冷漠的態度試著威脅。

霎時間臉色大變的夜夜慌張起來。

「所以，宮內同學！等等陪我商量吧，拜託妳！」

「真拿夜夜沒辦法。好～接下來是男生禁止參加的女生私房話時間。」

我拍了拍單薄的胸部。

高興的夜夜雙峰晃蕩了一下。

夜夜在正要走下樓梯時突然停住腳步。

「怎麼了？」

「——我感覺好像有人在看我。」

我也回過頭眺望走廊，但沒有任何人。

「依照夜夜妳的情況，不是隨時都有人盯著妳看嗎？」

「感覺跟平常不同。是什麼呢，我最近好像在哪裡感受過……」

彷彿命中註定會受人矚目的美少女，神情嚴肅地回顧著記憶。

「會對視線有印象，那不是格外強烈……」

「我覺得一方面是我對他人視線很敏感的關係。」

「如果妳覺得不安，要回去找老師商量嗎？」

「不用把事情弄得那麼大也沒關係的。」

夜夜一邊這麼說，一邊多次回頭查看走廊。

「如果妳有煩心事，隨時都來告訴我喔。就算有些事對墨墨不好開口，都是女生就不用顧慮了。」

「嗯，謝謝妳。有宮內同學在真好。」

我們走向校舍出入口。

夜夜邊走邊揭露了她現在的心情。

「因為希墨說出了我們正在交往，以後不是沒必要隱瞞了嗎？」

「嗯。」

「也、也就是說，在美術準備室外也可以跟他作為情人相處了。我、我擔心我可能壓抑不住想碰觸希墨的心情……」

「看妳表情超級凝重，我還在想是要商量什麼呢，真是可愛的煩惱。」

我不禁感到掃興。

「這是那麼低等級的煩惱嗎？」

「說白一點，擔心會一天到晚卿卿我我算什麼煩惱啦。夜夜妳發情得太厲害了～」

「妳說得對。這樣不行。險些淪為可恨的笨蛋情侶了。」

「妳滿臉都是得意的笑容喔，我看妳已經沒救了吧？」

「不會吧，怎麼辦！妳認為我該怎麼做才好，宮內同學！」

夜夜以雙手摀住臉龐，拚命想要隱藏泛起笑意的臉頰。

「隨妳喜歡去做不就行了～」

「別厭煩我。別捨棄我。別放棄我。我們是朋友吧！」

夜夜握住我的袖子求助。

「因為，妳只是在秀恩愛嘛～」我只能笑了。

「沒這回事！我真的很煩惱。」

「啊～墨墨是被這個巨大的反差迷倒的嗎？可以理解。」

被極致的美少女這樣央求，任何人都會為她著迷吧。

「別擅自理解！我的喜歡之情快爆炸了！幫幫我！」

「我可沒不識趣到會干涉男女朋友之間的事。」

「宮、宮內同學！」

調侃哀求的夜夜很好玩。正因為如此，現在的狀況讓我鬆了口氣。

「……你們能重修舊好，真是太好了。」

「嗯。我絕不會再說要分手了。我不希望希墨受傷。」

看來夜夜也受到充分的教訓了。

我在事後聽說時嚇了一跳。據說當夜夜衝動地傳出分手訊息後，同樣是班長的支倉朝姬同學居然對墨墨告白了。

雖然我一直覺得朝姬對他有種莫名的親近感，卻沒想到她居然會向他告白。

同樣作為女生，她能找出精準時機的戀愛嗅覺，令我佩服。

另外，碰到那種狀況也能用暴力招式要回男友的夜夜也相當厲害。

「追根究柢，這都是散布奇怪傳聞的犯人不對。」

「我對找出犯人並不在乎就是了。」

「夜夜妳不生氣嗎？」

「我一開始當然很憤怒。因為那個人偷看別人的私事，還擅自散布出去。不過從結果來看，我認為這加深了我與希墨的羈絆。」

夜夜陰霾一掃而空的側臉，已不見剛才的膽怯氣息。

「——啊，我有一件事忘了告訴希墨。」

換好皮鞋後，夜夜拿出手機僵住不動。

「今天禁止傳LINE……」

「如果是重要的事，聯絡他也沒關係吧？」

「那麼做沒辦法讓他反省，明天再告訴他吧。」

「真的嗎？在這個空檔，說不定墨墨面前會出現新的女生喔～」

我半開玩笑地這麼說。

「別嚇我啦。明明今天早上才發出情侶宣言，不可能發生那種事的。」

「說得也對。」

# 第二話　我的學妹很可愛，卻又不可愛

「紗夕，真的嗎！妳考上了永聖啊！真厲害！為什麼沒告訴我！來慶祝一下吧！我請妳吃東西！」

相隔一年後重逢的國中時代學妹，名叫幸波紗夕。

她就住在我家附近，而且和我同樣參加籃球社，我們幾乎天天都一起上下學。因為紗夕早上爬不起來，為了避免她晨練遲到，我以前每天早上都會去接她。

「希學長，你情緒太亢奮了。有點煩人。」

「別這麼說。能夠繼續當學長學妹，我也很高興！」

她是我照顧過的人，能夠以這種形式重逢，我不禁自顧自地激動起來。高興的事情就是讓人高興，這也沒辦法。

「……你比我想像中還要高興，嚇我一跳。」

我不合性格地歡欣雀躍，讓紗夕有些倒胃口。

「哎呀～妳明明不擅長念書的，真努力啊～」

我游移在感動與感傷之間，忍不住沉浸於感慨當中。

「你在說多久以前的事啊。既然我已經考上學校，我也與你同等！請別一直擺出學長的架子。」
「抱歉。因為一發現妳是紗夕，我突然回到了從前的感覺。」
「是是是，這樣嗎？咦，你沒認出是我？」
紗夕似乎非常意外，聲音都變了調。她好像對我的態度感到不滿。
「不，我一開始沒發現是妳，有點緊張呢。妳變漂亮了。」
儘管她從國中時代開始就很受歡迎，我覺得她變得更有女人味了。
「……謝謝。希學長一點也沒變呢，和以前一模一樣。你也稍微成長一點啊，真令人火大。」
「哈哈，紗夕的毒舌也讓人懷念。不過好久不見，我們明明住在附近，我畢業之後卻完全沒見過面呢。」
「你要讓我站著聊多久？你要請客對吧？快點走吧。」
在轉眼間耗盡耐性的紗夕開口催促。
怎麼說呢，紗夕從以前開始就有性子急躁的一面。只要一不滿意，她的興趣馬上就會轉移到其他地方。
「抱歉抱歉，那我們去車站前吧。」
「等一下，希學長。你打算帶我去哪裡？」

「我們會去的地方，當然是老地方嘍。」

我露出大膽的笑容。

我們走過上學路線，經過位於住宅區的彼此家門口，來到車站前。

「噗！既然是慶祝入學，我想吃高級燒肉！」

「遺憾的是，這附近沒有高級燒肉店。基本上，高中生放學之後會去連鎖店以外的地方嗎？而且我沒有那麼多錢。」

「有人請客時，我會毫不客氣大吃一頓喔！」

不要一臉得意地比出V字手勢。

「妳打算讓我破產嗎？」

「你可以獨占這麼可愛的學妹耶，這說起來可是約會。我覺得用速食店的漢堡慶祝太廉價了啦！」

我們前往的地方，是掛著紅黃兩色招牌，熟悉的世界性連鎖漢堡店。

我們分別點了愛吃的漢堡，搭配薯條及飲料套餐。

以前結束社團活動，在回家路上覺得有點餓的時候，我們會直接穿著運動服來這裡吃東西。

「——這樣啊，妳不滿意我的小小祝賀嗎？那妳的漢堡也給我吃吧！拿來！」

我朝桌子另一端伸出手，要把整個餐盤搶過來。

「我又沒說不吃！啊，別只把薯條拿走！」

「真是的，還在那裡挑剔。給我老實地吃啊。」

「希學長才是，吃兩人份會變胖喔。你又不像以前一樣有參加社團活動，肚子馬上就會變得鬆鬆垮垮的喔。」

她做出用手指戳我腹部的手勢煽動道。

無可奈何之下，我一邊吃著期間限定款漢堡，一邊把薯條放回紗夕的托盤上。

「咦，妳知道我不打籃球的事了？」

「因為我去籃球社體驗入社時，你不在那裡，我心想你高中可能是放學回家社吧。」

訓練愈嚴苛的運動社團，愈會有一股互相監視的氣氛，有時候退出社團還會被視為叛徒。如今回想起來，那種氣氛真的不好。

「我現在也挺忙的。妳才是，不加入籃球社嗎？」

「噗！我從運動少女畢業了！請別一一拿出往事重提。」

這個學妹有著只要不高興，立刻就會鼓起腮幫子發出「噗！」這種可愛聲音的習慣。

「真可惜。因為紗夕跟我不同，妳是有天賦的。」

第一次看幸波紗夕打球時，我感覺到她明顯具有出眾的球感。

直到現在，我也還清楚地記得。

她不服輸的好強精神，與攻守交替令人目不暇給的籃球這項競技十分契合。她卓越的籃球球感與具有速度感的運球，將對手與隊友都耍得團團轉，確立了變幻自如的球風。她作為能拿下大量得分的前鋒，以勇猛果敢的進攻為勝利做出貢獻。

平常和朋友一起吵吵鬧鬧的普通女孩，一上場就颯爽地大展身手，這個反差讓許多男生接連為她著迷。

「因為每天練得汗流浹背精疲力盡的日子，我在國中時代已經充分體驗過了。我決定在高中要當個享受樂趣的女高中生，度過快樂的三年。」

紗夕的意志似乎很堅定。

在漢堡吃了大約一半時，我問出一直在意的問題。

「話說，四月都到尾聲了，為什麼妳沒告訴我妳進永聖的消息？」

「我想給希學長一個驚喜，讓你大吃一驚了嗎？」

「我當然很吃驚。不過，這需要拖到將近一個月嗎？」

明明在錄取的時候，或是至少在四月初告訴我就行了啊。

「倒不如說，你認為我當然會馬上向你報告？你自認是深受我信賴的學長嗎？希學長，你太高估自己了，你的優先順位沒那麼高！」

「這麼說好寂寞啊～以前我可是費心照顧過妳。」

「你是指一大早做出妨礙我安眠的跟蹤行為嗎？」

「那是接妳去晨練！」

「對希學長來說，可以護送剛起床的美少女當然是最棒的附帶好處。不過，我不擅長早起。」

「別充滿自信地擺架子。」

剛進社團時，她經常翹掉晨練。

我看不下去，因為住在附近，開始每天早上過去接她。

「每天被LINE訊息吵醒時，我真的很想宰了你。而且訊息還是『快起床、出發了、動作快』這三種在輪替，也太沒意思了。你是詞彙貧乏的小學生嗎？」

「我總是會等到妳準備好吧。妳以為我在那段期間，到底幫忙提過多少次幸波家的垃圾啊。啊，對了，阿姨她好嗎？」

當我按下對講機，紗夕的母親就會帶著親切的笑容迎接我。

阿姨外表給人的印象很年輕，長得又和紗夕一模一樣，我一開始還以為是她的姊姊。在等待紗夕下樓時，我會幫忙提垃圾，或與阿姨站著聊天，漸漸變得熟悉起來。

阿姨的興趣是做甜點，經常會送手工餅乾給我，不管是哪一種真的都很好吃。

「在相隔許久後重逢，卻想打聽我媽媽的近況，很噁心耶。真讓人懷疑你的神經。你是在尋求母性還是媽媽味嗎？你從什麼時候開始變成喜歡比你年紀大的了？」

「只是閒聊而已。」

有什麼好那麼生氣的。

「我媽很中意希學長，所以當你早上不再來接我之後，她覺得很寂寞呢。」

「那還真是令人感激。我妹妹也想見妳喔。」

「小映現在讀小學四年級了吧。哇～她應該長大，變得標緻了吧。」

「即使個子長高了，她的內在還是小孩子，讓我操心。」

「她那樣子是在向希學長撒嬌啦。我是獨生女，所以很嚮往有哥哥。啊，這麼說不是希望你成為我哥的意思，為了保險起見我要聲明一下。」

「沒有人會這麼認為。妹妹這種東西有映一個人就夠了。」

「她明明是那麼可愛的妹妹，你還挑剔。」

紗夕把玩著冰紅茶的吸管。

「妳有空的時候，再來陪映玩吧。」

「……可以嗎？」

紗夕神情驚訝地看了過來。

「當然可以。我們是鄰居，又像這樣讀同一所高中。」

「那麼，我最近會過去叨擾。」

「好。我想映也會很高興的。」

「呵呵，希學長真是妹控。」

紗夕這麼說道，吃漢堡吃得很香。

什麼啊。就算請的不是高級燒肉，她不也很開心嗎？

紗夕吃完了漢堡，但說她吃不完薯條，把剩下的薯條給了我。

「妳的食量變小了呢，在選手時代明明可以輕鬆吃光的。」

「女生對體重很敏感。希學長也別說這種不識趣的話。」

我把自己與紗夕的薯條倒在托盤上，方便一起隨意食用。

「比起這個，希學長。這身制服適合我嗎？永聖的制服很時髦，我之前就想著一定要穿穿看。」

「妳是為了制服入學的嗎？真愛追流行。」

直到數年前為止，永聖高級中學進行了校舍的大幅增建與改建。

制服也隨之更新了款式。

新制服採用國內外熱門品牌「Icomochi」的設計，從當時開始就成為一大話題。乍看之下是設計簡單而標準的西裝外套，實際上卻令人驚嘆。連細節都無比講究的高雅設計、著重功能性與耐用度的剪裁，還有會在學生穿上時完成的美麗整體輪廓。

美得過火的制服備受矚目，使女生的報考人數激增。

根據傳聞，當時在學校的介紹小冊子上，穿著剛換新的制服的女學生會長是驚人的大美女，更促進了這種情況，為報考學生人數的驟然增加做出了貢獻。

因為那個傳說流傳到了現在，她應該是相當出色的美少女吧。

不過，應該沒美到足以勝過夜華就是了。

「打扮很重要。我想要心情愉快地度過三年嘛。然後，希學長，你還有別的話要說吧。」

紗夕的眼神正無言地要求我稱讚她。

「制服非常適合妳喔。」

「……真意外，你這麼輕易就說出讚美我的話了，感覺真掃興。」

我的學妹明明很可愛，卻又不可愛。

「妳能穿上期望中的制服，太好了。話說，妳是走什麼後門管道入學的？」

不用處處顧慮的距離感，讓我不禁回到國中時代的調調。

「噗！我是好好念書考上的！是從正門堂堂入學的！」

「每逢考試就哭著找我幫忙的紗夕居然自力考上學校，我到現在都還不敢相信。以前在考試前夕，我們常常像這樣聚在一起K書呢。」

因為紗夕基本上是短期專注型，不擅長凡事沉下心來踏實地做準備。

因此，以前我會為她講授要點並針對可能出題的重點複習，藉此讓她克服考試。儘管每逢考前都手忙腳亂，能夠短時間內交出確實的成果，是紗夕的厲害之處。

「噗！你到底有多小看我啊！我都確實考進了永聖吧！」

怎麼樣，我很厲害吧？紗夕一副自豪的樣子。

「……對了，我完全不知道妳國三的情況呢。當時我也進入永聖，突然被指派為班長，生活一片忙亂。」

當環境發生變化，生活無論如何就不會和以前一樣了。

本來天天都碰面的人突然不再相見，在被新生活的忙碌吞沒的過程中，那又漸漸化為了日常。

「因為希學長一退出社團後，就不再聯絡我了。就算在畢業後，也一～直、一～直都保持這種狀態！」

學妹格外地強調著「一～直」。

我會確實做好事務上的聯繫，但不太常進行個人的閒聊互動。

我是在與夜華交往後，才開始頻繁地用LINE。

「咦？妳想要我關心妳啊？」

「才不是！我朋友很多！也很受男生歡迎！才不缺一起玩的人！」

「好好好，我知道。反倒妳才是沒聯絡我吧，LINE的訊息不是愈傳愈少嗎？」

「因為就算我約你出去吃飯休息一下，你也會回覆『不好意思，我現在想專心讀書準備大考』，以認真模式拒絕我。那我當然會產生顧慮啊。所以，我也忍著沒傳LINE的說。」

「誰叫妳明明沒事也傳一大堆無聊的東西過來，次數太頻繁了。」

她深夜傳來影片網址，把我吵醒的情況也發生過好幾次。

「我明明是特地分享歡笑與感動給你，好讓你在辛苦的備考中休息一下。」

「只要覺得有趣，我就會開始看其他影片，忍不住看到沒睡飽啦！」

這是用手機常見的情況。一開始看影片，就會拖拖拉拉地看下去。

「這點問題請自己解決！」

我們的視線碰撞在一塊，但我立刻退讓了。

「……停手吧。我們彼此都順利考上了。」

「對啊，鬧得太厲害會給周遭的客人帶來困擾。」

我和紗夕都暫停下來用飲料潤喉。

「跟妳聊天有說不完的話題呢。」

「就是說啊。因為希學長的關係，閒話都聊個沒完。」

「是我的錯喔。」

「對啊。」

就像對於身為學長的我也用這種輕鬆不拘束的態度對待，幸波紗夕沒在怕的。

她長得可愛，配上開朗的性格，深受周遭眾人喜愛。一方面再加上在籃球社的活躍表現，以前追求她的男生很多。

還曾有男生特地等到社團活動練習結束，準備向她告白。

碰到這種時候，紗夕會擅自拿我當擋箭牌。

她會緊貼在走同一條路回家的我身旁，不給那些人攀談的機會。

由於這樣，以前喜歡上紗夕的男生對我頗為嫉妒。

隊友們也取笑我，說我是幸波紗夕的專屬經理什麼的。

她是女籃隊的先發選手，我則是男籃隊的替補。

當時的學長也曾露骨地看不起我，說我「明明是男人，真沒出息」。

我後來得知，那名學長似乎也很在意紗夕。他肯定是因為這樣，覺得看起來與她關係親近的我很礙眼。

紗夕抱怨過，那名學長在畢業前對她告白了。

『妳為什麼拒絕了？』

『這跟希學長你無關吧。』

『別鬧脾氣嘛。啊，我看是妳另有心上人之類的？』

『如果是的話又如何呢？』

『真的嗎？是誰？同班同學？難道是籃球社的人？我好好奇！』

『……要我特別告訴你嗎？』

『可以嗎？』

『我喜歡的人是——』

「——喂～希學長，你有在聽嗎？你是怎麼了，突然發呆？」

國中時代的紗夕，突然變成現在的紗夕。

她探出身子，在我眼前揮手。

「抱歉，我走神了。」

「眼前明明有可愛女孩卻能心不在焉，希學長還真脫線～」

紗夕哈哈大笑著坐下來。

「……嗯，不過我確定了。和你在一起果然很有趣。」

本來在笑的紗夕表情突然認真起來。

「紗夕？」

「希學長，我喜歡你。請跟我交往。」

坐在眼前的學妹突兀地發出愛的告白。

我一口氣喝掉只剩一點點的可樂，把杯子放在托盤上。

「——妳以為這是第幾次的假告白了啊？」

在相隔許久後拋來的基本款互動，弄得我很洩氣。

「被發現啦。因為我升級成女高中生了，我想說差不多行得通了～」

「最好是行得通！妳這個小惡魔，不適可而止真的會吃到苦頭喔。」

「沒事啦。我不會對希學長以外的人濫用啦。」

「倒不如說，妳才別亂用在我身上啊。」

我以疲憊的聲調懇求。

「咦～以我和希學長的交情，請別事到如今才把玩笑話當真。」

還真純情耶，真是的。紗夕指著我笑著說。

沒錯。幸波紗夕是會若無其事地說出「希學長，我喜歡你」這種假告白來取笑我的學妹。

女生真可怕。

自從國中時她告訴我那名學長對她告白的事，緊接著向我假告白以來，她就不時會像這樣取笑我。

因為她是有幾分可愛的女孩，讓我聽了不禁心跳加速。

「或許是隔了一段空白期的關係，剛剛那一次對心臟很不好喔。」

「哎呀～你剛剛的表情很棒呢。」

「取笑我好玩嗎？」

「是的，非常好玩。用希學長來取樂果然是最棒的。」

面對表情非常高興的紗夕，我苦澀地歪了歪嘴唇。

「——紗夕，這是我認真的請求，別再做這種事了。我目前有正在交往的女朋友。」

我告訴她我有情人的事。

紗夕沒表現出驚訝或送上祝福，只是以注視可憐傢伙的眼神看了過來。

「…………就算異性緣不好，向我炫耀不存在的女朋友也只會不忍直視而已。別打腫臉充胖子，我們是老交情了，而且我性格溫柔，剛才的妄想我會當作沒聽到的。太好了呢，希學長。」

擺出同情態度的紗夕拍拍我的肩膀，要我別介意。

「這是事實！是真的！她實際存在！」

悲痛的消息。我的學妹不相信我交到了女朋友。

「聽好了，那是希學長你作的夢，是妄想的產物，是鑽牛角尖的青春期幻影。那個情人是虛構的，與實際存在的人物沒有關係。」

「別把我當成丟臉得要命的人對待。我真的有情人，她名叫——」

「好像叫有坂夜華來著？我知道啊，是超級大美女對吧。」

紗夕打斷我的話，理所當然的說出夜華的名字。

「果然，連讀一年級的妳都知道啊。」

「因為她是名人。很少有機會看見那樣的大美女嘛。二年級有個超級美女的消息，在一年級生之間也成為了討論話題。」

紗夕看來不太感興趣地說。

「真不愧是夜華。」

雖說有她在外過夜的傳聞，我今天才剛發表情侶宣言。

那個消息已經傳播到連新生紗夕都知道了，讓我切實感受到夜華的知名度之高。

「像那樣高不可攀的人會和不起眼的希學長交往，真的太難解釋了。你到底掌握了她的什麼弱點？」

對於紗夕直率的感想，我只能笑了笑。

「哇，好老套的問題。我哪會做那麼卑鄙的事啊。」

「那你肯定被騙了。那種大美女怎麼可能跟希學長交往呢？我有背叛的預感。這是陰謀論，或許是仙人跳！」

紗夕擅自斷定。

如果夜華有刺激男人心的手段，我反倒想體驗看看。

我的情人的魅力全都是天然產物。不是計算的結果，而是真實的反應，所以超可愛。

「聽好了，所謂真實的愛啊。」

「哇～出現了。一交到情人就開始談論愛的傢伙。太扯了～」

「妳在找麻煩嗎？」

「我當然在找麻煩嘍，那還用說？」

囂張的學妹帶著笑容若無其事地宣言。

「不好意思，我先找到了情人。」

我不服輸地試著誇耀優勢。

「沒什麼。我只是標準很高，如果我想交往，明天就能交到男朋友。自從進入永聖後，已經有大概五個人向我告白了，雖然我秒速拒絕了所有人。啊～真麻煩，真想快點找到理想中的男朋友～」

我仔細地理解了紗夕入學這一個月的狀況。

依照她的外表與性格，這是當然的吧。就連看慣的我，都為成為高中生的紗夕散發的女人味一瞬間心跳加速。話雖如此——

「妳真的沒變呢。」

我相隔許久回想起那時候。

國中時代，紗夕經常被人告白，進而被懷疑「妳正在跟籃球社那個叫瀨名的學長交往嗎？」，連我都被多餘的麻煩波及。

紗夕的假告白，是從「既然我們彼此都嫌麻煩，你乾脆與我交往不就行了嗎？」這種充滿算計的理由開始的。

並非有什麼誘人的戀情開端。

紗夕也覺得我動搖的反應很好玩，得意忘形地三不五時對我假告白。

男女只要接近就會墜入愛河——如果有那種絕對的方程式，反倒輕鬆吧。

我們以前的確經常一起行動。

當周遭的人說「他們兩個感情真好」時，我不會否認。

不過，不管距離感多麼接近，以前我和紗夕都只是學長與學妹而已。

「吶，希學長。說正經的，你不覺得痛苦嗎？我認為與身分不相稱的情人交往，遲早會撐不下去的。」

「高中生的戀愛哪會管什麼身分不身分的。人生還不成熟的年輕人總是不穩定。如果顧慮那麼多，根本什麼都做不了吧。」

我正以我的體會，盡力活在當下。

「……我不禁有點感動耶，這樣的自己真令人不爽。」

紗夕少見地真的顯得很不甘心。

「對我有點改觀了嗎？」

「噗！希學長給我馬上被甩吧！」

我的學妹真的很可愛，卻又不可愛。

◇◇◇

離開車站前的速食店後，因為住在附近，我們也走同一條路回家。

一路上與結束社團活動回家的學生不時擦肩而過，一個身材高大的男生毫不猶豫地朝我走來。

「瀨名，馬上就劈腿啊？真有一套啊，大帥哥。我會去找有坂告狀喔。」

「我宰了你喔，七村。」

結束了籃球社的練習，穿著運動服的七村龍咧嘴一笑。

他是我的同學，也是身高超過一百九十公分的籃球社王牌長人。

他一邊說話，一邊目光敏銳地查看我身旁的紗夕，眼眸深處閃過亮光。

「……喔。沒想到你們兩個有關連。」

「幹嘛啊！」七村奇怪的反應讓我警戒起來。

「我明明一個人留下來寂寞的加練，你卻在跟女朋友之外的可愛女生約會。原來『交到情人後會異性緣大開』這個說法對瀨名也適用啊。是空前的受歡迎期來臨了嗎？」

「才不是那麼回事。」

「你真見外。都是男生，沒必要隱瞞吧。」

七村就像察覺了內情般地把手放在我的肩頭，刻意背對了紗夕。
「七村，遺憾的是，我們不是你所期待的那種關係。」
「那麼，是怎樣的關係？你居然在這種時間和女生兩人獨處，明明超稀奇的。而且對方還不是有坂，而是一年級的幸波紗夕。」
按著我的粗壯手臂沉甸甸的。
「你為什麼會知道紗夕的名字？」
「她來籃球社體驗入社時，我就好好確認過了。不過她在我秀灌籃前就回去了，沒問到聯絡方式。」
「真是仔細觀察學妹的熱心學長啊。」
這麼做很有七村風格，我不禁露出苦笑。
「喂，希學長。丟下可愛的女孩講悄悄話，不會很過分嗎~？」
紗夕不滿地開口。
「瀨名，你也要好好介紹我。」七村鬆開手臂放開了我。
「她名叫幸波紗夕。與我來自同一所國中，曾是我籃球社的學妹。」
我簡短的介紹紗夕。
「我是一年級的幸波紗夕。初次見面。」
紗夕臉上浮現友善的笑容，周到地自我介紹。即使面對身材高大的七村，她既不緊張也不畏縮，簡潔地打招呼，給人留下良好的第一印象。

「我讀二年級，是籃球社的七村。我是瀨名的好友。幸波近距離一看真的很可愛耶！我也聽學弟們說過，在一年級生裡有個特別可愛的女生。」

「哇～七村學長真會說客套話，和某個希學長天差地遠。」

「別把我拿來比較。大多數的男生都贏不過七村。」

我相當冷靜的吐槽。

七村是運動選手又相貌端正，還是超級肉食系男子，被拿來跟他相比較也太殘忍了。

「幸波妳也有打球經驗，高中要不要也來打籃球呢？難得妳都來體驗入社了。」

「看到各位辛苦的練習，我覺得我會跟不上。」

「沒這回事。即使妳現在才參加，我們也非常歡迎喔。要我手把手地教妳也沒問題。」

「不，可是，我又沒有天賦。」

紗夕一邊謙虛，一邊想要拒絕七村熱切的勸說。

「我也認為妳應該繼續打球。因為妳有球感，可以大展身手。」

我不禁插嘴。

雖然在速食店聽到她本人說沒有動力，但我知道紗夕的實力，無論如何都感到很可惜。

「看吧，妳學長瀨名也打包票了。幸波，要不要重新考慮一下？」

七村也堅持遊說。

「希學長，我明明正要拒絕，你可以別亂插嘴嗎？」

因為在七村面前，紗夕維持了笑容，但她非常生氣。

「不好意思，七村學長。我無意在高中參加社團活動。」

「我明白了。不能勉強女生啊。」

聽到紗夕斷然拒絕，七村也乾脆地罷手了。

「七村學長真是紳士！和不懂女人心的希學長大不相同。」

「就說別拿我跟他比啊。」我皺起眉頭。

「好了，不提社團活動了。怎麼樣，幸波。這次別跟不識趣的瀨名出去，改跟我約會吧。」

七村不顧才剛被拒絕入社邀請，直接地向紗夕搭訕。

作為男生，這種積極與乾脆，應該是值得效仿的吧。

每次在旁邊看到，我都不禁坦率地感到佩服。

「咦～我想你對很多女生都這麼說過吧？」

「怎麼可能，我只有對妳才會這麼說。」

「很榮幸受到邀請，不過七村學長很受歡迎吧。我擔心你會劈腿，所以請容我婉拒。而且，運動員不怎麼合我的胃口。」

「妳現在要放掉的可是條大魚喔，幸波。」

「不過，七村學長很溫柔，會以不同的形式再度邀請我對吧？」

紗夕始終想要避免兩人單獨約會。

即使體察她的真意，七村絲毫不為所動。

聽起來像是愉快的對話，我卻覺得從中窺見了底下激烈的男女心理戰。

「那麼，大家一起去唱歌吧？瀨名也找有坂一起來。這樣如何？」

既然不能約會，七村切換為團體出遊。我則被當作工具利用。

「好主意！我喜歡唱歌！而且我也想見見傳說中的大美人女朋友！」

霎時間，紗夕毫不猶豫地答應。為什麼啊？

「很好，幸波。說得好！那麼，主揪就拜託瀨名來當了？」

「啊？由我來當？」

「只有你才知道有坂的聯絡方式吧。你用LINE開個群組，一起聯絡大家吧。」

「話是沒錯啦……」

他們也不問我方不方便，擅自地陸續做了決定。

「日子就選在我不用練習的星期五吧。幸波，妳這週有空嗎？」

「沒問題！」

「好，那就決定了！那麼瀨名，後面的事交給你嘍。」

「希學長，主揪就拜託你了。請確實地把你女朋友也帶來喔！」

他們兩人用「你當然會接受吧」的眼神看著我。

「我知道了，我來當。我也會試著約夜華。」

事情就這樣像一陣狂風般迅速敲定，我們這星期五要去唱歌。

## 第三話　她行動的理由

儘管答應當唱歌的主揪，但夜華會來嗎？

我不認為有坂夜華會積極參加有我以外的人在場的聚會。

她就連在教室裡都不跟任何人交談，喜愛獨處。

換成ＫＴＶ那樣熱鬧的密閉空間，還有第一次見面的紗夕在場，門檻又會提高吧。

她好像討厭吵鬧，拒絕去唱歌的機率看來比較高。

我會試著約她，但我無意強迫她。

當她不參加時，我會用主揪的權利讓七村與紗夕接受結果。

另一方面，我對夜華的歌聲也很感興趣。

我想看看夜華唱歌的模樣。

「話雖如此，她今天說過禁止傳LINE，要約要等到明天去學校之後了嗎？」

我回家以後，也守規矩地忍耐著沒傳訊息。

而且比起笨拙地用文字邀約，我覺得直接告訴她本人會比較順利。

我決定明天在學校約她，在午夜零點前上床。

我關掉房間的電燈，閉上眼睛。

我迷迷糊糊地睡了一會兒，就在快要完全入睡時，收到訊息的音效響起。我伸手去拿放在枕邊的手機。

**夜華：明天早上七點在美術準備室集合！不必回覆！**

光是看到那簡潔的字面，我便自然地露出笑容。

「說今天禁止傳LINE的人明明是妳自己——啊！」

我看看手機顯示的時刻，正好來到0:00。

「日期一變，就傳LINE過來。」

察覺夜華也在忍耐，我也高興起來。

**希墨：了解。晚安。**

我特意回覆。已經到了第二天，也不必忍耐了。訊息出現了已讀符號。

**夜華：晚安。**

與情人之間這種瑣碎的互動，讓我開心得不得了。

我馬上重新設定鬧鐘時間，做好早起準備。

◇◇◇

星期二。隔天早晨。

「那個，夜華。擁抱不是獎勵……」

「這是忍耐了一天的獎勵，有什麼問題嗎？」

單方面這麼宣言的夜華，聲音顯得澈底放鬆。

「……一大早就這樣黏在一起沒關係嗎？」

昨天在學生指導室明明還大發雷霆，經過一夜，夜華的心情完全好轉了。

而且這次的擁抱，她還是坐在我腿上抱過來的。

她手臂環在我背上，害羞地緊貼上來。

「因為昨天沒有接觸，這是兩天份。還是說，希墨你不喜歡被我抱著？」

「我很喜歡。」

「很好。」

結果，我比手機設定的鬧鐘時間更早醒來。

當我比集合時間更早到校並直接前往美術準備室時，夜華也已經到了。

先抵達等候的夜華，當時正好泡好了兩人份的咖啡。

我一邊等著咖啡變成適合飲用的溫度，一邊坐在椅子上。

於是，夜華一派理所當然地併攏雙膝，側坐到我腿上，然後緊緊抱住了我。

「看來我非常喜歡與你擁抱。」

夜華發出撒嬌般的聲音。

不，也太可愛了吧。她聞起來超級香，身體又柔軟，老實說，我忍耐得很辛苦。

「我也幸福得快升天了。」

「……希墨，你在緊張嗎？」

夜華以臉頰磨蹭我的鎖骨，揚起眼珠子注視過來。

「當然緊張啊。」

「為什麼？我們明明擁抱過好多次了。」

「因為不管擁抱第幾次都是特別的。」

「你這麼說真讓我高興。我也抱著同樣的心情。」

對我們而言，擁抱是給予付出努力的人的獎勵。

夜華好像覺得我的反應很有趣，表情顯得特別愉快。她依然是個超級美人啊。眼睛大得彷彿要將人吸入其中，睫毛濃密纖長。左眼眼角的小痣不管何時看到都很性感。鼻梁高挺，薄唇是泛著光澤的粉色。肌膚像白雪般白皙發光。

「夜華妳才是，之前睡昏頭抱住我的時候，明明慌張得厲害。」

看到一臉得意的夜華，我忽然想起她前陣子來我家過夜時發生的事。

「那是因為我在睡前偷偷脫掉了胸罩，當時沒穿……」

「噗唔喔！」

「你怎麼發出怪聲？」

現在才揭曉的衝擊性真相。

在她因為下大雨來我家過夜的隔天早上，睡昏頭的夜華與我睡在同一床被窩裡。

而且她像抱著抱枕一樣緊抱著我。

那時候我也過度緊張，頂多只感覺到有夠大、有夠軟～而已。

「抱、抱歉。我覺得就算現在回想起來，那也是很誘人的狀況啊。」

我不禁直盯著夜華的制服胸口。在穿著衣服的狀態也能明確看出分量感。胸部那麼豐滿，腰圍卻很細，夜華的身材超級好。

這樣啊，原來當時在睡衣底下是赤裸的乳房。這樣啊……

「別回想！那、那只是我睡昏頭了！只是意外！只是巧合，你別胡亂誤解！」

夜華格外地強調睡昏頭這一點。

就算不那麼極力辯解，我也不會認為她是主動抱住我——

「——……咦？夜華，難、難道說……」

「不是的！不是那樣！」

「喔，嗯。這樣啊，嗯。」因為否認的夜華太過氣勢洶洶，我只能做出含糊的反應。

我的大腦努力的檢查那天早上的狀況。

原來那不是睡昏頭之下的舉動嗎？霎時間，兩人互相依偎著睡在一起的意義，在我腦海中大幅改寫。

「不、不准想色色的事！」

「我做不到。」

光是喜歡的女孩子只對自己展現毫無防備的模樣就讓人高興了，在得知那她其實是想這麼做的那一天，感覺真是！

「那才是當然的吧。」

「我、我現在有穿衣服也有穿胸罩！」

我很高興，但幸福過度不會死掉吧？

夜華似乎也很緊張，但沒有試圖從我腿上下來。

從物理與精神兩方面毫不留情施加的幸福刺激，一大早就考驗男人自制力的甜蜜拷問無休無止。

「在這樣的密閉空間被美女緊貼上來我還堅強地忍耐，真想得到稱讚。」

「……真虧你想得出這麼流暢的一段話。」

「這只是誠實的感想而已，不行嗎？」

「不。你保持這樣就好。」

稍微冷靜下來的夜華再度將臉埋在我的頸窩。

我也默默地緊抱住她。

這段時光令人歡喜，也令人難為情。

只是互相碰觸，心情就幸福無比。

與戀愛的忐忑和肉慾的興奮都不同。

被允許碰觸心上人的特別感與安心感。

當我回過神時，咖啡早已不再冒出熱氣。

我望向牆上的時鐘，已經過了八點。差不多得去教室了。

「夜華，差不多該走了。」

「我還想繼續這樣下去。」

「我也有同樣的心情，但拖拖拉拉會被當成遲到的。」

「希墨好認真，你這個班長。」

「是妳選擇了這樣的男人吧？」

「雖然我不討厭這樣的你……去教室感覺好累。唉〜〜」

夜華發出氣餒的聲音。

「為什麼？」

「大家都知道我們在交往了吧。『萬一曝光就糟了』的緊張感消失後——我沒有自信能夠壓抑自己的好感。」

我的女朋友一臉嚴肅地秀什麼恩愛啊。

她似乎是在意自己對情人嬌羞的模樣被同班同學看到。

事情早已被神崎老師發現這一點，就別說出來好了。

「那麼，我會看著那樣的妳偷笑。」

我讓夜華從腿上下來，站起身。

「在課堂上偷笑很噁心耶。」

「那麼妳也要加油，好讓我不會偷笑。」

「……因為我抱住你，領帶都歪掉了。」

夜華這麼說著，替我整理領帶。

「希墨你才是，已經在偷笑了。來，整理好了。」

夜華得意地看著我的眼睛。

我的女朋友真可愛～！

馬上就會意氣用事燃起對抗意識，只要稍微占了上風，優越感就會表現在臉上。非常好懂。

交往之前只能從遠處眺望，高不可攀的有坂夜華當然也很美。

不過夜華在成為情人後向我展現的真實面貌，比什麼都令我憐愛。

「夜華，我喜歡妳。」

「我知道。」

夜華也確實地感受到我的愛情。

「一大早就被妳擁抱，我心跳得好快。」我說出誠實的感想。

「其實昨天回家路上，我和宮內同學去喝茶了。我找她商量，說我不知道在教室裡能不能忍住不對你示愛，她給出的建議是『那就先卿卿我我一頓吧』。而我試著實行了。」

「……對我來說反倒覺得依依不捨耶？」

離開夜華這個暖源，我已經感到相當寂寞。

「不要說出來。因為我也有同樣的心情……」

夜華似乎也拚命忍耐著想再度擁抱的衝動。

「順便問一下，如果妳忍耐不住的話會怎麼樣？」

「誰知道。我或許會不顧地點突然抱住你。」

夜華開玩笑似地笑了。

「我不在意喔。」

「你還真寵我。」

「不寵情人，那要寵誰？」

「……你這樣的一面我也很喜歡。」

她直接無比的愛情表現，讓我差點死掉。

糟糕。我的女朋友好可愛喔————！

我們總算走出美術準備室，前往二年A班的教室。

當我們並肩走在走廊上，許多學生以充滿興趣的眼神看著我們。

儘管如此，或許是早晨擁抱的效果，我身旁的夜華依然心情很好。

好，現在就是提出唱歌一事的絕佳時機吧。

「那個，這個星期五我要和七村他們一起去唱歌，妳要不要也一起去？」

「不去。」

我即刻遭到拒絕，她甚至沒有考慮一下。

甚至沒有問問詳情。

「啊，不行嗎？」

「倒不如說，你為什麼認為我會去？」

夜華理所當然地回答。

夜華的始終如一反倒令我鬆了口氣。在某種意義上，她的反應正如預期。

「因為與男朋友共度愉快的時光讓妳心情高興，我心想妳現在或許意外地會答應。」

「你知道我不擅長應付KTV那種調調或氣氛對吧？」

「不，我知道就是了。難道說妳是不擅長唱歌？」

「我喜歡音樂。」

「夜華真的沒有不擅長的事情呢。」

無論讓她做任何事，她大都能做到平均水準以上，真了不起。

「……沒這回事啦。」

「作為以後的參考，妳可以告訴我一個妳的弱點嗎？」

「…………」

夜華垂下頭，輕輕地指向我作為回答。

我回頭轉向背後，但那裡當然空無一物。

「……喔～喔喔。這個，怎麼說，謝謝。」

連我都不禁害羞起來。

「就是這麼回事。」

自己揭露這件事，她卻連耳朵都紅透了，看來早晨擁抱的效果果然非常大。

「妳的突襲也很詐喔。」

「我偶爾也會出招的。」

「吶，夜華。」

「幹什麼？」

「我不能再擁抱妳一次嗎？」

「────！這裡是走廊，所以不行！」

夜華的大喊，使走廊上的學生們同時回過頭。

「夜夜、墨墨！早安～」

當我們走進教室，發現了我們的宮內日向花踏著小碎步走過來。

「早安，宮內同學。」「小宮，早安。」

「你們倆從早上就甜甜蜜蜜的呢～」

宮內日向花是個身材非常嬌小的女孩。

她留著一頭華麗的金色短髮，戴著耳環。滴溜溜的大眼睛配上那張稚氣的臉龐，給予人小動物般的印象。她身材纖細，肌膚白皙。制服外頭穿著一件Oversize的紫色連帽外套，經常把過長的袖子甩來甩去。

「夜夜，妳馬上嘗試過啦～」小宮瞇起眼睛。

「呃，嗯，就像妳說的那樣。」

夜華一邊注意我，一邊承認她實踐了昨天從小宮那裡得到的建議。

「小宮，聽說妳昨天和夜華在一塊兒？謝了。」

「你不需要為此向我道謝，因為我只是和朋友一起玩而已。」

「嗯。我也玩得很開心。謝謝妳，宮內同學。」

於是，小宮有點不滿地說：

「吶，夜夜。我有件事一直想對妳說。」

「咦，什麼事？」

「加上同學稱呼我感覺好拘謹。我們是朋友，輕鬆地直呼我的名字嘛。」

「可是，突然這樣……」

「不必客氣。來，現在馬上親暱地喊出我的名字吧！」

小宮甩甩袖子，鼓動夜華。

「……那麼，我就叫妳日向花。日向花。」

「嗯。多多指教，夜夜。」

小宮露出虎牙，看來很開心地笑了。

夜華不習慣與同性朋友親密互動。她顯得有些心神不定地坐到自己的位子上。

「夜夜真純情～連我都心動了。」

「有小宮在，真的幫了很大的忙。」

「因為我也喜歡夜夜啊。」

不擅人際來往的夜華能對我之外的人敞開心房，真是太好了。

「嗨～早安！」

「瀨名。有坂對那件事的意思怎麼樣？」

七村就像與夜華交錯一般加入談話。

「不行。她完全不感興趣。」

「怎麼說，這也充滿有坂的風格……」

七村似乎也從一開始就料到了這個情況。

「怎麼辦？要三個人去嗎？」

「女生太少無法接受！要再多找一點！所以，宮內，怎麼樣？這星期五放學後去唱歌吧。」

「唱歌？好啊！我要去我要去！看我展現歌喉！」

七村突然約了一旁的小宮，她頗有興致地答應了。

「宮內，說得好！」

耶～七村與小宮原地擊掌。

因為身高差距太大，感覺像是小宮原地垂直彈跳一樣。

「你剛剛說三個人對吧？另一個人是誰？」

「瀨名的國中學妹，長得很可愛喔。」

「咦，是女生？那樣不是不太妙嗎？夜夜什麼也沒說嗎？」

小宮的表情微微蒙上陰影。

「宮內，別在意細節啦。反正瀨名是主揪，而且他對有坂一心一意，沒問題啦。」

「剛剛我約過夜華，但在說出詳情前就被她拒絕了。」

我誠實地表明。

「……我去說明狀況，再約夜夜一次。你們等一下。」

話才剛說完，小宮就走向夜華的座位。

我和七村關注著情況。

「既然小宮要去，夜華應該也會來吧。」

「很難講。如果沒有重大的理由，有坂應該不會來吧。」

七村乾脆地斷言。

「這意思是說，就算我和別的女生出去玩，夜華也不在乎嗎？要是換成我會非常擔心的說。」

「笨蛋，相反啦。是因為有坂她相信你不可能劈腿吧。」

戀愛經驗豐富的七村所說的話給了我勇氣。

去找夜華攀談的小宮轉向我們，雙手在頭頂交叉比出X記號。看來即使是小宮的邀請也沒能成功。

我希望能設法讓夜華也來參加。

不過，我無法輕易想出七村所說的「重大的理由」。

在浮現能讓夜華改變心意的邀請說法前，神崎老師走進教室。

早上的導師時間一如往常地開始了。

那一天，我在教室觀察夜華的情況，但她不變地和以前一樣度過上課時間。

在美術準備室的早晨擁抱效果驚人。

話雖如此，當我在數學課上被點名，站在黑板前解算式時，背後感覺到強烈的視線。

我回過頭，發現夜華猛盯著我看。

「這就是神崎老師說過的視線嗎？難怪會露餡。」

像夜華一樣顯眼的女生，連細微的小動作也會吸引別人的目光。

我寫完答案後，不經意地繞路通過夜華的座位旁。

我把臉也湊近她，小聲地呢喃「妳看我看太凶了」。

夜華嚇了一跳摀住耳朵，用責怪的眼神瞪著我。

我明明只是叮嚀，又沒做出會惹她生氣的舉動。
當我坐下後，口袋裡的手機立刻震動。
**夜華：都說了，我耳朵很敏感！你是故意的嗎？**
強人所難。如果用普通的聲音對她說話，周遭的人也會聽見吧。
緊接著我又收到訊息。
**夜華：還有，你算錯了。**
「老師，抱歉！我發現我計算錯誤，可以重新解題嗎！」
我慌忙開口，班上響起一片笑聲。
因為情人的視線分心算錯題目，我和夜華也是半斤八兩。

隔天。星期三早晨。
不同於昨天，我照平常的時間走出家門，發現幸波紗夕等在家門口。
「早安！希學長，我們一起上學吧！」
「嗚喔？早、安。紗夕妳怎麼在這裡？」
早上應該很難爬起來的女生穿搭一身完美的制服，面露燦爛的笑容。

「我們又讀同一所學校了，難得有機會，我想和希學長邊走邊聊。」

「既然在外面等，妳按門鈴不就好了。」

「我想你們早上很忙，按門鈴會造成困擾。一方面也是當作驚喜。」

「紗夕喜歡埋伏呢。」

她之前也突然出現在走廊上，讓我大吃一驚。

「噗！是～驚～喜～！請別微妙地改變語義！」

「要一起上學是無所謂，不過妳變得早上起得來啦。」

「因為希學長退出社團後，我都是獨自參加晨練呀。」

「妳成長了啊～做得好做得好。」

我不禁感慨地發出沉吟。

俗話說需要費心照料的孩子最可愛，我曾有大約一年半的時間幾乎天天早上都去幸波家接紗夕，自然感慨萬千。

因為紗夕作為選手很優秀，我也曾抱著在背後支持她場上表現的自豪感。

「事到如今才被你稱讚，坦白說感覺也很微妙。」

「只要一奉承妳，妳就會得意忘形吧。」

「噗！不溫柔的男人會惹人厭喔。」

「那麼看來我惹人厭了，我先走了～快遲到了。」

「啊，請等等我！」

當我邁開步伐，紗夕也跟在旁邊。

「希學長，你昨天起得真早。我來接你時，你的家人說你已經出門了。是有班長的工作要做之類的嗎？」

「妳昨天早上也來過嗎？」

「是的。雖然被放鴿子了。」

「我們根本沒約好吧。要來的話，起碼提早聯絡我吧。」

「……咦，只要傳LINE你就會答應嗎？」

紗夕雙眼圓睜。

「只要妳聯絡我，我就能事先拒絕了。」

「好過分！原來是要拒絕啊。希學長真無情！」

我就像這樣與紗夕閒聊著，和穿著相同制服的學生群會合。

「你女朋友答應去唱歌了嗎？」

「被拒絕了，她說她不感興趣。」

「你是主揪，請好好做事。不如說，一般而言會拒絕男朋友的邀請嗎……」

「夜華就是那樣的女孩。」

「她其實討厭你？真可憐。」

「別擅自安慰我。我和夜華交往得很順利。」

「咦～喔～嗯～」

紗夕直盯著我的臉龐。

「……幹嘛。」

「不，你看來不像在逞強的樣子。我的判斷有點偏差。」

「什麼判斷啊。」

「我還以為你對有坂學姊的弱點趁虛而入，漸漸地發展成交往，用情侶宣言強行把交往化為公開的事實。我猜她始終只是抱著試試的心態，對你不是認真的。」

「妳的妄想能力還真豐富。」我只能傻眼。

「因為你們可是全校最跌破眼鏡的情侶，大家對都這個話題議論紛紛。」

「我們沒有符合你們期待的八卦。我們只是正常的喜歡上對方，經過告白後交往。」

用言語描述起來，我們的戀情意外地簡單。

「只做那種普通的事，沒辦法跟那樣的大美女交往啦。」

「妳對我們的戀情開端這麼好奇嗎？」

「……那麼，如果我說有了喜歡的人，希學長有什麼想法？」

「喔，這次是真的吧？是誰？」

「你瞧，希學長不也對別人的戀愛充滿興趣嗎！不如說你追問得也太過頭了！」

「不，我一點也想像不出妳中意的男生是什麼樣子。」

紗夕從國中開始就受男生歡迎。

這麼說來，我不曾問過她喜歡的類型是什麼。

「坦白說，我自己也很意外。」

「咦，真的有嗎？」

看來她有心上人是事實。和平常不同的反應太溫順可愛了。

贏得幸波紗夕芳心的人，究竟是什麼樣的人呢？

「咦～難不成聽到可愛的學妹有心上人，你覺得有點可惜？」

紗夕抿嘴而笑，帶著竊笑看向我的臉。

「唉，是有一點……」

「在、在這種時候給出老實的反應，反倒讓人傷腦筋耶。」

紗夕不知為何流露困惑。

「總之，我為妳加油。雖然不知道那個人是誰，希望你們進展順利。」

「多管閒事。」

「妳幹嘛發飆啊。」

我一頭霧水。

我們不知不覺間來到了接近校門口的轉角。

我正要繞過轉角，差點撞上從另一頭走來的女學生。

「希學長！」

先發現狀況的紗夕拉住我的手臂。

「哎呀。」

「啊。對不起。」

我和女學生目光交會。

「啊，早安。希墨同學。」

支倉朝姬嫣然一笑。

她是我的同班同學，我們一起擔任班長。

而且，前陣子她才向我告白，我拒絕了她。

「早安……朝姬同學。」

我設法像至今一樣稱呼她的名字，叫她朝姬同學。

身為學年中心人物的朝姬同學今天也風采華麗。

略微燙過的淺棕色頭髮在肩膀處搖曳。將端正的五官襯托得更加鮮明的淡妝，與品味良好的配件運用。她低調的時尚搭配非常出色。

「在上學路上遇到你還真少見，希墨同學。你平常是這種時間來學校嗎？」

「今天是碰巧。」

「這樣啊。咦，今天早上不是有坂同學陪你啊。她也很可愛呢。」

朝姬同學忽然發現我身旁的紗夕的存在，用帶刺的口吻說道。

「呃，她是……」

「昨天和情人一起進教室，今天又和別的女孩挽著手到校，你過得可真開心啊。我看你果然很受歡迎不是嗎？」

我來不及說明，就被朝姬同學蓋過話頭。

雖然她臉上保持著笑容，但有點可怕。

我懂，我懂啊。如果我是跟情人夜華一起到校，那還能接受。可是和陌生的女生走在一起，當然會招來白眼吧。

我將到現在還抓著我的紗夕的手臂解開，向她解釋。

「朝姬同學。她是我國中時的學妹。因為住在附近，今天早上碰巧一塊來上學。」

「喔。我都不知道希墨同學有這麼可愛的學妹。難道說，難道說，這女孩也是你瞞著大家的祕密嗎？」

我壓抑內心的動搖，回答這個根據之前的情侶宣言而發的問題。

「不，我也是最近才知道她在永聖讀書。」

當我這麼回答，朝姬同學充滿興趣地看向紗夕。

「吶吶，希學長。你為什麼和支倉學姊很親近？你們互相直呼名字耶。」紗夕拉了拉我的袖子，悄悄地問。

「妳才是，為什麼會知道她？」

我看著朝姬同學，搖了搖頭。

「妳之前來參加過茶道社的體驗入社活動吧。我記得妳的名字是……幸波紗夕學妹？」善於記憶別人長相與名字的朝姬同學，準確地說出她的名字。

「好厲害，妳記得啊。是的，我是一年級的幸波。」

「因為妳給人的印象與之前很不一樣，沒有馬上想起妳的名字，抱歉。妳現在看起來有精神多了。」

「對、對啊。之前我起得太早……」

「幸波學妹，妳不加入茶道社嗎？」

「說來難為情，我不擅長正座。而且，顧問老師感覺很嚴格。」

「這樣啊，真可惜。神崎老師人很好喔。對吧，希墨同學？」

茶道社的顧問，當然是我的班導神崎紫鶴老師。

「為什麼把話題拋給我？」

「最受她關照的人是你吧。你們之間的信任關係，也深厚到讓她從一年級開始就指名你擔任班長啊。」

「被朝姬同學這麼一說，聽起來簡直像是學生與恩師之間的美談。」

因為覺得難為情，我隨口含糊帶過，但並未否認。

「吶。接下來就邊走邊聊如何？站著聊天會遲到的。」

在朝姬同學的催促下，我們三人並肩邁開步伐。

從旁邊經過的男生投向我的目光讓人很不自在。

左右兩側帶著朝姬同學和紗夕，會引人側目當然也是無可奈何。

「希墨同學從一大早就左擁右抱呢。」

「朝姬同學會輕易地把這種話說出口，所以很厲害啊。」

「因為我很受歡迎啊。」

朝姬同學一點也不害羞地斷言。

這麼說之所以聽起來不像挖苦，很大一部分歸功於支倉朝姬受歡迎是眾所周知的事實，並且那與她乾脆開朗的性格有很大的關係。她是擅長關心與讚美的受歡迎人物。

「支倉學姊在跟什麼樣的人交往呢？」

紗夕的問題突然就以她有男朋友為前提。

「我才沒有男朋友。而且，我前陣子才剛被人拒絕。」

就像在說「要保密喔」一樣，朝姬同學壓低音量對紗夕坦白。

我差點偷偷地噴氣出聲。

「咦咦——？支倉學姊也遇過這種事嗎？」

「當然有啊……這麼說來，無論是告白或是被拒絕，都是我人生中第一次的經驗呢？」

「居然拒絕這樣的大美女，對方是到底是怎樣的帥哥啊？」

「他是個普通的人。」

「希望對方會後悔一輩子。不過，不答應支倉學姊的告白很沒有眼光，但他或許是有非常重大的理由。」

「謝謝妳安慰我。幸波學妹真溫柔。」

「叫我紗夕就行了！」

「那麼我就叫妳紗夕了。妳也不用以姓氏稱呼我喔。」

「請多指教，朝學姊！」

朝姬同學與紗夕一瞬間就打成一片。

在旁邊聽著兩人的對話，我的胃好痛。

「希學長你也覺得很過分吧？對方居然拒絕了朝學姊的第一次告白，他以為他是誰啊。」

「哈哈哈，對啊～」

我只能發出乾笑。

「吶，希墨同學不安慰我嗎？」

「咦？我嗎？」

「嗯。」

朝姬同學保持著笑容提出要求。

「不，我沒什麼要說的……」

「什麼也沒有？」

「唔…………！」

為什麼朝姬同學如此大而化之呢？

我就是拒絕她的告白的人，她偏偏當著我的面談論自己遭到拒絕的事。

這是對我的諷刺嗎？

或者說，告白對她而言沒有我所在乎的那麼重要？

我不明白她態度過於冷靜的原因。

「——希墨同學調侃起來很有意思呢。」

朝姬同學意味深長地微笑著。

「希學長，你很悶耶。要是在緊要關頭說不出一句機靈話，女人心可是會輕易地離開你的喔。」

「沒錯～沒錯～」

朝姬同學很可愛地贊同了紗夕的忠告。

「對了！難得有機會，朝學姊要不要也一起去唱歌？這個星期五，我會和希學長與七村學長去唱歌。」

「紗夕，妳在說什麼啊。」

「我想讓朝學姊排遣心情。七村學長也是同班同學，應該沒問題對吧？」

「紗夕，突然提出邀約太直接了。」

「我想和朝學姊再多聊一聊，拉近關係。」

紗夕好像完全喜歡上朝姬同學了。

「可以啊。我星期五有空，那我也會去。」

朝姬同學毫不猶豫地答應了。

「咦？妳不拒絕嗎？」

「為什麼這麼問？我一起去有什麼不方便的地方嗎？」

「不，如果妳不在意的話那是無所謂……」

我不禁給出含糊其辭的反應。

「那就沒問題了。啊～好久沒去唱歌了，真期待！紗夕，謝謝妳邀請我！」

「能和朝學姊出去玩，我也很開心！」

十分意氣相投的兩個女生拋開我，開始交換聯絡方式。

事情不得了了。

參加人數撇開主揪，擅自增加中。

在聊著這些的期間，我們抵達了學校。

穿越校門後，我們與一年級的紗夕在校舍入口分開。

「我都不知道希墨同學有那麼可愛的學妹。你們感情很好呢。」

「因為紗夕的性格就是那樣。她對妳也馬上就混熟了吧。」

「嗯，就當作是這樣吧。」

在換好室內鞋之時，朝姬同學重新向我確認。

「吶，希墨同學。有哪些人會去唱歌？」

「我、七村、紗夕，還有小宮。再加上妳。」

「日向花明明會去，有坂同學卻不去啊。」

「我約過她，不過她拒絕了。」

「喔～再約一次試試看吧？若是這些人參加，我想她會說要去的。」

「怎麼可能，夜華不會那麼輕易改變想法。」

「沒這回——啊。」

朝姬同學好像想到了什麼，勾起嘴角浮現淺笑。她的視線看著我的背後。

「謝謝你約我！我很期待星期五去唱歌！」

朝姬同學突然用周遭的人都能聽見的音量大聲說完後，先行走向了樓梯。

「她剛剛這樣是怎麼回事？」

「希～墨～」

我回頭一看，有坂夜華就站在背後。

她正好到校。

「你也約了支倉朝姬去唱ＫＴＶ？」

「是我的學妹約她的！不是我！」

「不過，她也會去對吧？」

「聊、聊著聊著就這樣敲定了……」

夜華看來有話想說地瞪著我。

就像讓嫉妒爆發一般，她用這句話代替抱怨。

「我也要去！」

朝姬同學的參加似乎是「重大的理由」。

夜華，決定參加。

# 第四話　戀愛的黑暗火鍋

唱歌聚會依照預定時間，在星期五放學後舉行了。

以下的成員在車站前的大型連鎖KTV一樓櫃檯集合。

我、七村、紗夕、小宮、朝姬同學，以及夜華總共六人。

一邊排隊等待櫃檯受理，我一邊緊張地注意著第一次見面的兩人。

「初次見面，我是希學長的學妹幸波紗夕。」

「我是有坂夜華。妳好。」

夜華以冷淡的表情靜靜地說道。

嗯～聲音好僵硬。不過光是能正常地打招呼，也是很大的進步了。

直到去年為止的夜華，會緊張地保持沉默吧。那種反應在他人眼中看來只像是心情不悅，會給人留下難以接近的美人這樣的印象，與她保持距離。

或是對於夜華的美麗看得入迷，導致對方不自然地感到惶恐。

然而，紗夕沒有畏縮。

「我知道，妳是希學長的女朋友對吧。他居然和這樣的大美女交往，嚇我一跳。近距離一看，妳的臉真的好漂亮。連身為女生的我都看呆了。」

「——吶，我們曾在哪裡見過面嗎？」

相對的，夜華突然問紗夕。

「不，我第一次像這樣和妳交談。」

「……是嗎，是我誤會了嗎？」

夜華顯得難以釋懷，但沒有繼續追問。

「更重要的是，妳別猛盯著我看。我不喜歡被人盯著看。」

「咦～妳很害羞啊。真可愛。啊，我可以叫妳夜學姊嗎？」

夜華看來不知該如何對待無論物理和精神層面都在拉近距離的紗夕。

「吶，希墨幫幫我。這孩子窮追猛打的。」

「好。紗夕，到這裡為止吧。」

「希學長總是和夜學姊打情罵俏，偶爾也讓給我嘛。」

「我、我們才沒有打情罵俏！」

夜華立刻否認。

「馬上回答呢。我還以為痴情的人是希學長，原來意外地相反啊？喔～」

被紗夕輕易地看穿著一點，夜華變得更加沒有防備。

「別調侃我。我討厭這樣。」

「啊。對不起，我得意忘形了。請原諒我，夜學姊。作為交換，我會告訴妳許多希學長國中時代的事情。」

「我原諒妳。」

太快了，夜華！

「好了，具體來說，把妳知道的所有事都告訴我。」

「那麼，如果妳肯叫我紗夕，可以啊。」

「紗夕，拜託妳。」

夜華又輕易地接受了那個要求。

妳為什麼那麼積極啊？

「預約六位的瀨名先生，請前來櫃檯。」

在我發出告誡前，就被找了過去。

我在櫃檯辦完手續。

「房間訂好了，我們搭電梯上去吧。」

當我開口呼喚，大家聚集到櫃檯的一角。

「紗夕，這一大堆服裝是什麼？」

「那是免費出借的Cosplay服裝。對了，大家要不要一起借來穿？」

「咦～很難為情耶。」

「夜學姊也換衣服一起拍照吧。一定會很好玩的。」

在我沒注意的空檔，夜華和紗夕打成一片了。

「Cosplay，好像很有趣！」小宮也表示同意。

「我也借來穿吧。希墨同學，你有什麼要求嗎？」

朝姬同學當著夜華的面刻意問我。

「咦~支倉，妳就不問我嗎？」

「因為七村同學感覺會毫不客氣地選擇暴露服裝呀。」

「那是當然的吧。」七村毫不退縮。

夜華來到我身邊，向我確認：「希墨喜歡哪一款？」

「由我決定可以嗎？」

「太過暴露的款式可不行喔。」

「真正的情趣服，我會等兩人獨處時再拜託妳穿。」

「笨蛋。」夜華輕拍我的手臂。

當我說出希望款式，夜華說「這個應該沒問題」，挑選了我指定的服裝。

嗯，今天有來唱歌或許是好事。

我們各自拿著Cos服，搭乘電梯上樓。

到了房間後，因為女生們要換衣服，我跟七村在走廊上等候。

「哎呀～情況變有趣了呢，瀨名。」

「只有對你來說才是這樣吧。」

「這麼多高水準的女生聚集在一起變成黑暗火鍋，真是有個女人緣超好的萬人迷在啊。」

「囉嗦。」

「沒辦法坦率享受樂趣的瀨名真令人同情。」

七村笑得停不下來。

情人、我拒絕過告白的兩個女生，以及完全不知道這些內情的國中時代學妹。

原本不該聚集的人物們齊聚一堂。

「一得知支倉會來就決定參加，那個有坂的嫉妒心不是很可愛嗎？不過既然對手是支倉，會提防也無可厚非。」

「老實說，我超級忐忑不安。」

「如果有什麼情況宮內會幫忙，幸波也處理得很好，沒問題吧。」

「這一點坦白說我也很意外。」

「總之！先期待接下來的場面吧。」

享受樂趣吧。七村拍拍我的背。

然後，那一刻終於到來。

「好了～兩位學長，我們換好衣服了，請進！美好的天堂等著你們喔。」

一走進房間，令人心情暴衝升天的景象等待著我們。

「瀨名，這可不得了啊。」

「嗯，有點超乎想像了。」

我被眼前展開的桃花源壓倒。我們倒抽一口氣，少言寡語地品嘗著幸福滋味。謝謝你，宅文化。Cosplay萬歲。

「鏘鏘～怎麼樣，大家都很適合對吧！我來介紹，兩位請給予精采的評語。」

紗夕高高興興地先從自己的打扮開始說明。

「擔任第一棒的我，是迷你裙女警～」

船型制服帽、水藍色襯衫與領帶、不該出現在女警身上的迷你裙。配件甚至還有玩具手槍與手銬。

「我要逮捕你喔，砰～☆」

紗夕擺出自槍套拔出手槍開火的動作。

「不預先警告就開火，好凶狠的警察～」

「唔！我願意被這樣的女孩逮捕。」

七村摀住胸口，演出屈膝跪倒的動作。真是個守規矩的男人。

「希學長，你太冷場了。七村學長的反應很棒！那麼，接下來是宮內學姊！」

「來了，我是貓耳女僕。」

小宮原地轉了一圈，長裙裙襬飄散開來。以金髮與耳環展現侵略性時尚風格的小宮，穿上綴著花邊的女僕裝，呈現出反差感。而且還戴著貓耳和貓尾巴。這是嶄新的完美結合！

「主人，我來伺候你喵。」

小宮澈底融入了角色。

「還完美地擺出貓一般的姿勢。好適合小宮。」

「嗚哈，我想被伺候～」

七村喘著粗氣。

「七七你興奮過頭了。」恢復本來樣子的小宮捧腹大笑。

「接下來是朝學姊！請登場。」

「就像你們看到的，我穿的是護士服。」

朝姬同學穿著粉紅色的護士服。衣服不知為何是絕妙的緊身尺寸，強調出身體線條。她頭上戴著護士帽，頸子上掛著聽診器，手裡拿著針筒。身上披著自己的開襟毛衣外套，反倒呈現出真實感。

「你能忍耐打針，好乖喔。」
朝姬同學一手拿著針筒擺出招牌姿勢。
「白衣天使。」
「不如讓我為妳打——」
我在七村說完前給了他腹部一拳。
「七村，那種話就別說了。」
他的腹肌還是一樣堅硬，揍人的我拳頭還比較痛。
「嗚呵。最後是夜學姊，請登場！」
「我選了……他指定了空服員的服裝，所以我就穿了。」
小帽子、涼爽的大絲巾、邊緣刺繡，搭配金色鈕釦的深藍色夾克與緊身裙。空姐裝扮與夜華的成熟氣氛十分搭配。
大概是和其他人一樣，被紗夕安排了台詞吧。
她忸忸怩怩地看著我的眼睛，如下定決心般抿了抿嘴唇後開口。
「各、各位旅客請注意。」
「請讓我坐頭等艙！」
我光速預約——不，是神情認真地說出了感想。
「希學長，太快了吧！」「墨墨，你超積極的。」「希墨同學，我覺得有點倒胃口。」

女生們立刻吐槽我。

「哈哈哈，瀨名也跟我差不多嘛。」

七村也發出爆笑。

「吶，希墨，別猛盯著我看。不會很奇怪吧？」

「非常適合妳，適合到不太妙的程度。」

大家的話根本沒傳入我耳中，我看眼前的夜華看得著迷。

「好，接下來是拍照時間！啊，男生禁止用自己的手機拍照。這是女生限定。今天也不准在社群網站上傳團體照。」

「不要說那麼殘忍的話！幸波，晚點也傳照片給我吧。」七村懇求。

「夜學姊說了禁止！」

紗夕毫不留情地駁回。

「男生請用幹勁把景象烙印在眼中。光是能待在這個地方，不就很幸福了嗎？」

「沒關係，我會偷拍的。」

「要是你那麼做，我們會馬上回去。費用就全部由七村學長支付。」

面對不肯放棄的肉食系學長，紗夕寸步不讓。

輸給另外三名女生責怪般的視線，七村也老實地讓步了。

雖然不重要，這家ＫＴＶ不論服裝也好、配件也好，未免準備得太充實了吧？

拍照時間結束，大家玩得太開心，喉嚨發乾。

「在唱歌之前就興奮過頭了呢。有人飲料要續杯的嗎！」

聽到紗夕的話，我為所有人點了新的飲料。

擺成ㄈ形的沙發，從裡面開始，依序坐著七村、小宮、朝姬同學、紗夕、夜華，最後是我。

就像早已決定好第一首曲目，七村迅速地在點歌機上輸入。

「既然都來了ＫＴＶ！接下來我要大唱特唱啊！」

帶頭開唱的七村一手拿著麥克風站起來大喊。

當音樂響起，房間裡的燈光同時暗了下來，天花板上的鏡面反射球開始旋轉。光芒的碎片散落在整個房間裡，色彩炫麗的光線不斷地交錯。

七村展現拿手的饒舌，活潑的曲子一下子炒熱了氣氛。

真虧他這麼口齒伶俐啊。七村漂亮地押韻並用成串語句唱歌的樣子很帥氣，讓我佩服地想著。

這麼多才多藝，女生會接受他的追求也能理解。

「幸波，下一個換妳啦！」

第二棒的紗夕唱的是流行偶像歌曲，還加上了舞蹈動作。開朗可愛的曲調，光是聽到就讓人愉快。

拜脫離日常生活的Cosplay所賜，彷彿偶像表演的現場感不是蓋的。配上完美複製的舞蹈，七村和我忍不住揮動鈴鼓和沙鈴代替螢光棒。

「起碼要打Call吧～！」

紗夕亂來的要求，讓大家笑了起來。

七村和紗夕精彩的歌唱，使氣氛一口氣火熱起來。

擔任第三棒的是小宮。

她選擇的歌曲出乎意料的是西洋音樂。那是在日本也被用作為廣告背景音樂的節奏明快流行歌。大家都知道這個旋律，但不清楚歌詞。她以英語完美地唱完了整首歌。

對了，小宮的英語成績出類拔萃地優秀。

「英文唱得好好～」紗夕感動地說。

因為下一首歌尚未輸入，小宮連唱兩首。

這次她轉而換成動畫歌，而且還是我們出生前的歌曲。打扮成貓耳女僕的小宮可愛地唱出了《Lum's Love Song》，那個破壞力無比驚人。

「好，下一個是誰？」

小宮生氣勃勃地像遞出接力棒一樣遞出麥克風。

朝姬同學接下麥克風，演唱椎名林檎的《本能》。

那是以歌手穿著護士服打碎玻璃的ＭＶ聞名的帥氣歌曲。她性感又有力地歌唱了朗朗上口的旋律與描繪獨特世界觀的歌詞。朝姬同學帶著煩躁與倦怠感的歌聲讓我不禁聽得入神。

「唱歌真舒服啊。」朝姬同學露出神清氣爽的表情。

接著輪到了我。

因為到這裡為止大家都唱得很好，我感到有一點壓力。

令人印象深刻的前奏響起。

我選擇的曲目，是由少女漫畫改編的連續劇《月薪嬌妻》的主題曲，星野源的《戀》。

這部戲與劇中演員在片尾通稱戀舞的舞蹈，在當時形成了社會現象。

「這部戲紗夕也喜歡，每集都是看首播的！」

「我也一次不落地錄起來了～」

「我總是很好奇最後留下的懸念，等不及下週的到來。」

「我也和姊姊一起看了這部戲。」

幸好選了夜華也知道的歌曲。我的選曲可真不錯。

在副歌部分，大家配合音樂一起坐著比出戀舞的動作。

「謝謝～！」唱完後興高采烈的我放聲大喊。

哇～一陣掌聲過後，準備完全的夜華登場。

從優美的旋律開始響起的，是竹內瑪麗亞的代表歌曲《Plastic Love》。

近年來，City-Pop這個流行樂類別在國外重新受到肯定並搏得人氣，據說翻唱這首歌的影片寫下了驚人的觀看次數。

夜華以美妙到極致的嗓音，唱出這首有著成熟旋律的名曲。

「「「「「唱得超好！」」」」」我們五個聽眾抱著同樣的感想。

等我靜靜地聆聽著，歌曲中唱出的耀眼都會夜景彷彿浮現在眼前。

我的女朋友不管什麼事都能做到一般程度以上呢，我只能這麼佩服地想著。

一切都在平均水準以上，等於沒有任何不擅長之事的完美超人。

在眾人面前會緊張是她寥寥可數的弱點，不過基本上無論讓她做任何事，都會做得很好。

就在即將進入第二輪副歌的那一瞬間。

「為各位送上續杯飲料～」店員打開門走了進來。

夜華霎時間停止了歌唱。

現場出現一段只有配樂響起的微妙空白。

「繼續唱就行了嘛，店員習慣了，不會在意啦。」我悄悄對她說。

「我不想讓陌生人聽到我唱歌。」

「今天來的這些人就沒關係？」

「勉強可以接受。」

「那下次不帶我，跟大家一起去唱歌試試看？」

「我辦不到。你是前提，是必須條件。」

「這、這樣啊。」

聽她說得直截了當，我也很難為情。

店員動作俐落地放下新的飲料，收回空杯後迅速離開，展現毫無多餘動作的老練服務。

當房門一關上，夜華再度唱了起來。

嗯～果然唱得很好。

聆聽歌聲的我們沉浸在餘韻中，在歌曲結束後也無法立刻動彈。

「獻醜了。」

夜華輕輕地把麥克風放在桌上。

「有坂，太厲害了！妳就立志成為歌手如何？我會大力為妳加油！」

「夜學姊，馬上報名參加歌手甄選吧！不，請再唱一次！我來拍影片上傳到社群網站！」

七村和紗夕興奮得從桌面探出身子。

「我不喜歡引人注目，別這麼做。」

夜華斷然拒絕。

即使和大家一起來唱KTV，夜華果然還是夜華。

大家就這樣唱入第二輪。

所有人分別以種類豐富的選曲展現歌喉。

「妳歌為什麼唱得那麼好？」

在歌曲間的空檔，我試著問夜華。

「我母親喜歡音樂，從以前開始就經常在家中播放各種類別的樂曲。我小時候也學過鋼琴。」

「日常生活中洋溢著音樂啊。不過，唱歌呢？」

「那是我姊姊唱得好，我經常模仿她唱歌。感覺是在一起唱歌的過程中自然而然地進步了。」

「喔。這給我的印象和現在的妳有點不同呢。」

現在我無法想像夜華會去模仿別人。

「因為那是小時候的事情。」

夜華有點不高興地回答。

「嗯，我明白。我和妹妹一起洗澡時，也一定會唱歌。因為在浴室會有回音。」

我不禁以當哥哥的角度談論起小時候的回憶。

我在肉體上完全長大的妹妹映，當然也有過幼兒時期。

在我是小學生的時候，有時會跟她一起洗澡。

她經常一邊泡在浴缸裡，一邊央求我「希墨也一起唱歌嘛」。

「咦？難道說你現在也跟小映一起洗澡？」

夜華拋來懷疑的眼神。

「哪會啊！不可能！」

「也對。因為小映很喜歡你，我忍不住這麼猜想。上次去你家打擾時，她明明剛洗好澡，你卻全然不為所動。」

「那只是她不設防而已。我反倒會叫她要學學端莊與羞恥心。」

我夾雜著歎息抱怨。

在夏天的時候，映到現在還會只包著一條浴巾到處晃，真是饒了我吧。

「有什麼關係。她說不定遲早會變得討厭哥哥喔？這麼一來，回顧她像現在這樣黏你的時光，不就會覺得寂寞嗎？」

「她離開哥哥自立，我反倒會覺得爽快啊。」

「聽你在逞強。」

「是真的。」

「不過，如果小映向你求助，你會盡全力幫忙對吧。」

「……夜華，像這樣看透我們兄妹很好玩嗎？」

「那麼我說中了。太好了。」

得知自己的判斷正確，夜華顯得很滿足。

「因為她是我唯一的妹妹啊。而且妳姊姊也一樣吧。之前她不是協助了神崎老師嗎？」

在她由於下大雨來我家過夜的隔天早晨，有人剛好目擊了我送夜華到車站的情景。當此事在校內傳出謠言的時候，神崎老師安排以前的學生，夜華的姊姊統一口徑，讓事情沒有鬧大。

「因為你發出情侶宣言的關係，差點搞砸了就是了。」

「妳姊姊生氣了？」

「她反倒放聲大笑，說『妳的男朋友還真有趣』。」

情人的家人對我的印象似乎沒有變差，我拍拍胸口鬆了口氣。

「給她添了麻煩，妳代我道謝和賠罪吧。」

「我才不要。要說你自己親口說。」

「咦？妳要讓我們見面嗎？」

「……不是？我不是那個意思。時間還早！」

夜華慌張地拒絕了。

「因為姊姊硬要問出來，我才告訴她最低限度的事情。雖然她知道我交了男友，但我連你的名字也還沒透露。」

「我的存在在有坂家是那麼不可碰觸的嗎？」

我感到擔心，忍不住以認真的語調確認。

「單純是我覺得難為情，拚命隱藏而已。因為姊姊跟我不同，有很多朋友與熟人。感覺她會在轉眼之間就查出你的事情。」

「真是相當保護過度的姊姊呢。」

我盡可能以善意的方向解讀。

「嗯～姊姊單純是喜歡鬧著我玩而已。」

「包含那部分在內，都是對於妹妹的關愛表現啊。」

「可是對於當妹妹的來說，實在是種困擾。」

夜華面露複雜之色。

「唉，希望妳別太追究嘛。」

「這是作為哥哥這一方的真心話？」

「我不予置評。」

「你跟小映感情很好，這很明顯喔。」

「妳們也一樣。在我眼中看來，夜華和妳姊姊感覺是對好姊妹喔。」

從夜華的言談之間可以想像，她姊姊應該是太過喜歡妹妹而溺愛的類型吧。

「……不過，你們遲早將會見面吧。你可不要討好我姊，站在她那一邊喔。」

「到時候我會拿出全力極力誇讚妳的，放心吧。」
「那是最會讓姊姊高興的事，不要做。」
「沒關係吧。我想把我眼中看到的有坂夜華的魅力澈底傳達過去啊。」
「如果你那麼做，下次去瀨名家的時候，我也會做一模一樣的事。」
夜華一邊害羞得掙扎，一邊恐嚇我。
「……那樣會好難熬啊。」
映會高興地聊起這個話題吧。要是父母也一起出席，我沒有自信當天能夠保持平靜。
聽到情人向親人暴露自己不同的一面，感覺非常難為情。
「對吧。」
對於不習慣受到極力讚揚的人來說，那是相當坐立不安的狀況。
「喂喂。你們別從剛剛開始就進入兩人世界啊。」
七村開玩笑的聲音讓我回過神。
不知不覺間，歌曲已經播放完畢。
其他四人似乎直盯著我們看。
興奮的七村露出竊笑。小宮面帶微笑地在旁關注。朝姬同學一臉無言。而紗夕對我這個因為戀愛飄飄然的學長投以冷冷的視線。
「希學長，妄想雖然是自由的，但已經想著要拜訪對方雙親也太心急了。對於女生來說很沉重喔。」

「沒關係吧。這是只屬於我們之間的事。」

「高中生談戀愛就考慮到結婚，你還真是浪漫主義者。」

「這哪是浪漫啊。總有一天要和彼此的親人見面的吧。」

「唉。熱戀是很好，不過從一開始就開大火，很快就會燃燒殆盡喔。」

「反倒是在持續燃燒啦。」

「因為夜學姊是美女，我也理解希學長會飄飄然的心情。不過抱著過度的期待，會被趁虛而入的喔。」

紗夕如告誡般提出建言。

「幸波學妹的思考方式很淡漠呢。」

小宮充滿興趣的問道。

「哎，要分手的時候就會分手吧。就算不是因為吵架分開，新鮮感無論如何都會消失，習慣變得厭倦。要不要在那個階段分手，是當事人之間的問題吧。」

七村乾脆地劃分清楚。

「七村同學對戀愛不抱夢想呢。」

「戀愛是現實吧。即使是愛上戀愛本身的人，也會在接觸活生生的對方的過程中不得不清醒過來。不如說不清醒過來就糟了。戀愛中既不會什麼事都稱心如意，自己也沒辦法符合對方的理想……我還以為支倉妳也是我這一派呢。」

聽到朝姬同學的話，七村的反應顯得很意外。

「或許因為我屬於沒辦法輕易喜歡上人的類型吧。我還是覺得，察覺自己喜歡某個人的瞬間是特別的。雖然在他人眼中看來一定是不經意的小事，有時對我來說，卻是決定性的關鍵。」

朝姬同學微微將視線落在雜亂的桌面上，吐露自己的戀愛觀念。

我們默默地聆聽著。

「啊，常常談戀愛的人或許會覺得我很愛作夢吧！」察覺到那種氣氛，朝姬同學察言觀色地慌張蒙混過去。

「這種想法，我有點明白。」

首先表示同意的人是夜華。

我想這是夜華與朝姬同學今天第一次目光交會。

我、七村還有小宮都默默地感到吃驚。

比起我們，朝姬同學是最驚訝的人。

「謝謝妳，有坂同學。」

「我想再聽妳多說一點。」

聽到夜華的要求，朝姬同學往下說。

「我認為戀愛不只是與對方交往的狀態，也包含在那之前的緩慢過程。說得極端點，我覺得一個人也能戀愛。」

「嗯。」夜華應聲。

「我覺得思慕心上人的時間也是堂堂的戀愛。因為光是這麼做，不就很愉快嗎？雖然或許只是腦海中的想法，我認為光去想像就能讓心情雀躍，是很美好的事。」

喜歡上別人——那是十分充實的時光。

並非只有獲得回報才叫戀愛。

有時悲傷的心情也會襲上心頭。

還有些時候，單相思反倒更輕鬆吧。

想要更進一步，但兩情相悅或許會以夢境或幻影告終。

「要以單相思結束？還是向對方告白？想告白的話，首先要交換聯絡方式，先約對方出去玩來加深感情等等，轉移至具體的行動。我認為戀愛在這個階段，才終於與現實有所連結。」

夜華神情嚴肅地頷首。

我想只要談過戀愛，任何人都切身感受過這種實感。

那說不定是青澀的感傷與幼稚的臆想。

只要談過許多戀愛，說不定就會適應，或是變得遲鈍吧。

不過青春不成熟又敏感——因此是特別的，我這麼認為。

「——就是叫人像這樣美化失戀，長大成人的意思嗎？」

紗夕發出不滿。

「妳為何這樣認為？」

朝姬同學靜靜地反問學妹。

「因為這是充滿少女情懷地肯定單戀，叫人把失敗的戀愛化為快樂的回憶吧。妳不會不甘心嗎？妳不會難受嗎？」

「喂，紗夕。妳突然之間是怎麼了？」

「希學長請別說話。」

紗夕目光凌厲地瞪著試圖協調的我。

「……先不提紗夕為什麼會那麼認真起來，那個答案很簡單。」

「我想聽聽看。」

「即使遭到拒絕，要是對方願意認真地回應我，那麼我的眼光就沒有看錯。不是可以這麼想嗎？那不是傷口，而是確實地化為我的自信。」

朝姬同學以清爽的聲音回答。

「必須像這樣把挫折化為養分，成長為讓對方後悔得要命的好女人才行吧。」
我覺得她有一瞬間看向了我。
我覺得能夠如此斷言的文倉朝姬這個女孩，果然很迷人。

# 幕間二

「我去一下洗手間。」幸波學妹說完後衝出了房間。

「我也不禁說得激動起來了。啊，幫我加點飲料，為了慎重起見，我去看看情況。」

朝姬同學也立刻追上去，離開房間到了走廊上。

「幸波學妹是怎麼了？」

「幸波也到了有很多煩惱的年紀？」

「紗夕剛才瞪我的眼神好凶。」

以我的一句話為契機，七七和墨墨都說出感想。

「幸波看上去很來勁，其實意外地是純情派之類的？」

「她感覺像是被觸動了心弦。墨墨也顯得出乎意料呢。」

當我拋出話頭，一臉錯愕的墨墨先道了歉。

「如果她破壞了氣氛，我向大家道歉。她平常並不是那種感覺。老實說我也嚇了一跳。」

「不用在意。那點小事不算什麼。」

「對啊。墨墨也不用因為是主揪與學長就顧慮這些。」

「不過，因為她是我的學妹。大家像這樣一起出來玩，難得有機會，我希望紗夕和大家好好相處。」

墨墨就像當成自己的事情一樣惶恐。

神崎老師就是肯定他像這樣守規矩的一面，才指派他當班長的吧。

「嗯～社團裡的學長學弟果然是這種感覺嗎？那只是國中時代的事情吧？一直延續同樣的關係有待商榷吧？」

「宮內，沒辦法啊。因為連帶責任制是體育社團的壞習慣。」

「雖然這麼說，七七卻給我為所欲為的印象耶。」

「哈哈哈，這是扛起球隊的王牌才允許擁有的特權。」

「那你讓墨墨也重返籃球社啊。用你的特權。」

當我這麼諷刺了一句，七七縮起他高大的身軀。

「宮內，別吐槽這一點啦。」

「對啊，小宮。我事到如今也不打算回去了。」

「男生的連帶感真奸詐。夜夜妳不也這麼覺得嗎？」

我向保持沉默的她徵求同意。

她沒有回答，思考著什麼事情。

「……夜夜，怎麼了？」

「我在回想剛才紗夕所說的話。然後，覺得我做不到。」

「做不到什麼？」

「就是那句『把失敗的戀愛化為快樂的回憶』。」

夜夜神情嚴肅地回答我。

「夜華，那句話的意思是不要一直受失戀影響，要把經驗活用到下一次喔。」

「我知道啦。只是，那代表現在在談的戀愛結束，變為了過去吧。那是我絕不願意接受的。我覺得我做不到，所以……」

她說到這裡暫時打住，望著情人告訴他。

「我想和希墨一直在一起。我想要未來也一直都是。」

他呆呆地注視著她的臉龐。

「可以吧，這是我的希望喔。別這樣直盯著我看。」

「我一輩子都不會忘記今天這個日子！」

「真誇張。」

「我就是那麼感動。我想要烙印在心中。我不想忘記！」

欣喜若狂的墨墨猛然地想與夜夜拉近距離。

「這裡不是美術準備室，笨蛋！」他被推了回去。

「有坂太純情了，好炫目啊。」

「夜夜，我看得都覺得難為情了～」

我們出乎意料的被迫目睹瀨名希墨與有坂夜華那太過純粹的熱戀模樣。

我和七七四目交會，打算暫時離開房間。

朝姬去了廁所，但裡面空無一人。

「她回去了嗎？不過她的東西都還留在房間裡，也沒有換回制服。」

兩台電梯的樓層數都顯示著上方樓層。

「這樣的話……」

朝姬注意到通往外面樓梯的門扉。

她推開那扇沉重的門。

那裡視野開闊，天空寬廣，感覺很舒服。

不過往下方看去，是許多大廈擁擠地靠在一塊，符合車站前情景的雜亂景色。

幸波紗夕在走下幾個台階的樓梯間。

她靠著扶手，正在眺望夕陽西下。

「需要我借手帕給妳嗎？」

朝姬從紗夕背影的氣息察覺狀況，這樣開口。

「……沒關係，我自己有帶。」

「妳現在明明是迷你裙女警耶？」

聽她這麼一說，紗夕發現自己除了玩具手槍和手銬外什麼也沒帶。

「來，請用。擦擦眼淚吧。」

朝姬在護士服外披著自己的開襟毛衣外套，外套口袋裡總是放著備用手帕。

「準備真周到。」

「因為我帶著兩條手帕。」

「如果朝學姊是男生，我一定會愛上妳。」

紗夕老實地接過手帕，輕輕擦拭臉頰。

「妳是女生。而我也是女生。」

朝姬輕鬆地回答，站到紗夕的身旁。

「普通的男生可不會這麼機敏喔。」

「因為大多數男生不是客氣過頭，就是容易把感情強加給別人。」

我懂～彷彿這麼說著一般，兩人同時笑了。

「朝學姊妳時機真的抓得太好了，也真虧妳知道我在這裡。」

「我很擅長判讀這種走向或是氣氛，察覺對方希望我做的事。」

那是支倉朝姬的才能之一。

她能細膩地去感受對方的情緒與真實想法，準確地判斷出為對方做什麼才好。

只要能說出對方想聽的話，大都不會遭到厭惡。

在許多情況下，對方會回以好感。

因此朝姬從小就不曾為人際關係所苦。

她不分性別，與他人保持良好距離，無論屬於任何社群，都會自然地被放在核心位置。

幸運的是，朝姬本身並不討厭大家期望自己扮演這樣的角色。

在學校擔任班長。而在參加的茶道社，也在人數眾多的同學年學生中擔任領導角色。周遭的人也說「支倉同學是明年社長的不二人選」。

簡單的說，就是擅長掌握人心吧。

她對於他人的好奇心也很強，於是變得擅於自然記住別人的名字。

愈仔細觀察對方，愈能發現對方的為人，這很有趣。

相反的，正因為記憶了人類大量的變化，她無法遇見能讓自己心動的對象。

大多數人都是曾遇見過的類型。

七村龍說她愛作夢，但她反倒覺得自己對於戀愛太過冷靜了。

每次有人告白，朋友們就異口同聲地說：「總之先試著交往看看吧？」

不過因為從一開始就能想像到對方的為人，朝姬實在動不了交往的念頭。

首先，她不了解這麼輕易地展開交往的感覺。

更何況，明知道會無聊還花時間在上面也很可惜。

對於目標要以推薦入學方式上大學的朝姬來說，為下個階段的未來做準備，比起戀愛這種娛樂更加重要。

對於支倉朝姬來說，戀愛的優先順位會變低，是必然的結果。

而瀨名希墨是例外。

一個乍看之下並不起眼的男生。

他很擅長無自覺地配合他人。

對於總是在配合他人的朝姬來說，由他人來配合自己，感覺非常舒服又輕鬆。

就這樣，她不知不覺間開始覺得，與他之間不經意的對話很愉快。

「被朝學姊那麼漂亮的人在絕妙的時機攀談，一下子就會落入愛河。如果被妳告白，除了當場答應以外不可能有其他選擇。」

「然而，那並沒有發生……」

「妳說的是那個拒絕妳的對象吧？他到底是因為什麼理由沒答應？」

「有個強勁的對手。我想只是這樣。」

「不會輸給朝學姊的人，那頂多只有夜學姊——」

紗夕說到一半僵住了。

然後她顫抖著確認想到的答案是否正確。

「拒、拒絕朝學姊告白的人，是希學長嗎？」

「嗯。」

朝姬乾脆地承認。

「不會吧？咦，不。為什麼！別再發生更多不可能的狀況了！」

紗夕大受衝擊，在原地轉圈。

「動作那麼大很危險喔。」

要是不小心從欄杆摔下去，會受傷的。

「因為實在太過出乎意料，我總覺得很震驚。」

「我喜歡上他很奇怪嗎？」

「與其說奇怪，不如說我不明白妳特地選擇他的意義。」

「這話由妳來說啊。」

朝姬彷彿洞悉一切地看著學妹。

「……朝學妹為什麼會想要告白呢？」

「喔，很積極地追問呢。」

「反正這裡只有我們兩個人而已。」

紗夕用眼神拚命訴說著，她無論如何都想要問。

的確，傍晚的戶外樓梯正好適合講悄悄話。

「世上有比希墨同學長得更帥的人。成績好的人、運動能力強的人、有錢人。聰明的人、有趣的人、活潑的人。我想他沒有這種不管任何人看到都能判斷的特徵。他本人不也經常說他不起眼啦、平凡啦，說自己很普通嗎？」

「嗯，他很常這麼說。」

紗夕大力贊同。

「不過，我並非想擁有能向別人炫耀的情人。老實說，我覺得一直保持朋友關係也無妨。」

升上二年級後，支倉朝姬與瀨名希墨同班了。

同樣擔任班長，他們從去年起就有交流。因為她知道他的為人，作為今年的搭檔無可挑剔。他會隨時觀察整體，擅長細部支援，十分可靠。

與他共事很順手，如果遇到煩惱，他能感同身受地共享，也會一起思考。

日常生活中的點點滴滴像這樣累積起來，逐漸培育了好感。

朝姬對心中的愛意有所自覺，但無意急於改變關係。

對於支倉朝姬而言，戀愛的優先順位並不高。

不過，她遇到了足以改變那個順位的情況。

「看到他受傷的表情時，我才發現。啊啊，我想安慰他。我希望與我在一起會使他露出笑容。我想和他更加深入地來往。」

於是，紗夕好不容易止住的淚水又落了下來。

「妳為什麼又哭了？」

「因為、朝學姊說的話、我很有、同感，嗚嗚……」

「如果是感動的眼淚，那無所謂。」

她靜靜地等待啜泣的紗夕停止哭泣。

天空緩緩地從橘色轉為紫色，接著再轉變為夜晚的顏色。

「順便問一下，告白有訣竅嗎？」重新打起精神的紗夕進一步尋求建議。

「對被拒絕的我問起這個啊？」

「因為朝學姊的告白，在一般情況下一定會成功！」

「告白是否會順利，取決於契合度與時機。」

「反覆溝通，讓對方對自己產生好感。在最後一步告白。」

朝姬簡潔的斷言。

「告白是，最後一步。」

「沒錯。與花費的時間無關，因為在這個前提沒到位時就告白，才會失敗。在此之上，最後契合度與時機會變得重要。」

「朝學姊了解這些，卻還是沒成功對吧？」

「因為我在最後遭到了大逆轉。」

那個放學後，那個瞬間正是最佳時機。

她直覺地領悟到，於是向受傷的他表明心跡。

雖然他很猶豫，照那樣下去他們應該會成為情侶。

然而，命運就像背叛了朝姬的判斷般，在最佳時機讓最強的勁敵登場。

有坂夜華就像賭上全心全力一般，前來奪回情人瀨名希墨。

自己無法那樣熱情的行動。

她不禁這麼佩服地想著，乾脆地退讓了。

即使現在回想起來，還是會有點發笑。

今天的唱歌聚會也是，當朝姬一決定要參加，那個有坂夜華也決定要來了。

本來以為她對自己萬分警惕，方才談到戀愛時，有坂夜華又是最有共鳴的人，真不可思議。

「戀愛真有趣呢。不管覺得有多麼順利，卻又不可能百分之百確定。」

而且，她在這裡遇到了與自己處在相同境遇的學妹。

「不如說，妳也喜歡希墨同學對吧。」

「妳、妳怎麼會知道！」

被朝姬說中心事，紗夕感到動搖。

「俗話說眉目傳情啊。妳看著希墨同學的目光充滿了愛意。」

「希學長沒發現吧？這樣我很難回去耶。」

「他沒有發現吧。」

朝姬用開玩笑的口吻說道。

「我剛才惡狠狠地瞪過他耶。」

「太天真了。妳戰鬥的對手可是有坂同學喔？她會以更銳利的眼神瞪人。」

「從正面對上那種大美女的目光，不會很可怕嗎？」

「因為他不會怕，他們才能交往吧。」

「他是被虐狂嗎？」

「誰知道。不過其他男生全都被有坂同學嚇到了，只有希墨同學和她成為情侶，這是事實。」

「因為希學長在關鍵時刻很厚臉皮，或者說不會氣餒。」

「不過，妳就是一心一意地追逐著這樣的他，進了同一所高中吧？」

紗夕深深地發出嘆氣。

「不是那麼浪漫的事。」

「可以的話，這次我想聽聽紗夕妳的故事。」

朝姬溫柔的呼喚，讓紗夕的肩膀顫了顫。

「……希學長距離我太近了。他在我身邊太過理所當然，不必多作顧慮，又很愉快。當希學長離開社團後，我才發現這份心情不是對學長的信賴，而是戀愛感情。」

「妳沒有馬上告白嗎？」

「意識到以後，我突然變得沒辦法好好跟他交談。剛好希學長離開社團之後，就一口氣進入備考模式，傳LINE的頻率也降低了。」

「在社團活動見不到面。學年也不同。聯絡也減少。從一般的戀愛理論來看，是完全背道而行呢。」

「我、我是在體貼希學長。」

「妳就是像這樣，為自己無法行動找藉口的吧？」

「妳真嚴格。」

「因為，如果在國中時代告白，我想你們一定能交往不是嗎？至少我覺得勝算會比現在高出百倍。」

瀨名希墨與幸波紗夕之間締結了牢固的羈絆，朝姬看著他們可以感受得到。

只要有契機，要發展成男女感情也很容易。

——至少，國中時代的兩人符合了契合度與時機的條件。

「對啊～希學長會在高中交到女朋友，這太過出乎意料了。」

紗夕頹喪地垂下頭。

她隱藏的絕望感與悲壯感一口氣流露出來。

「我以為沒有別人，會像我一樣喜歡上希學長的說！」

那打從心底發出的嘆息，看了令人同情。

「而且連朋友關係都變得比以前的陣容豪華，這算什麼啊？七村學長是籃球社王牌，宮內學姊超級可愛。朝學姊是非常擅長察言觀色的美女，還跟他一起當班長。最驚人的是夜學姊！像那樣最高規格的女生，為什麼會跟希學長交往？這不可能啦！噗！」

累積的情緒爆發了。

紗夕知道瀨名希墨國中時代不起眼又平凡的樣子，如今他周遭的朋友陣容之豪華令她感到驚愕。

「啊哈哈。妳把失戀複雜化了呢。」

「這不好笑。而且，我甚至未能失戀。」

紗夕在夕陽映照下面露憂鬱。

「追到高中來是需要勇氣的喔。」

「我也覺得自己很不直截了當。不過如果能跟喜歡的人在同一所學校談戀愛，不是很開心嗎？」

「妳為什麼對希墨同學這麼執著？」

「有一半算是意氣用事。就算想忘掉他，我也忘不了……」

「想通也很重要喔。從國中時代開始喜歡的話，妳已經單戀將近三年了吧？懷抱過久的感情性質惡劣。」

「我、我曾有一次想要告白！可是他沒有來。」

「希墨同學不是會忘記約定的類型吧？妳有好好告訴他嗎？」

「我傳LINE給他，請他來為我的告別賽加油！訊息明明顯示了已讀的。」

紗夕回想起來不禁垂頭喪氣，那副模樣很可愛。

「要是妳那麼大受打擊，應該會生氣並討厭他啊。」

「他連回應也沒傳給我，這種事至今都沒發生過……」

「妳有確實地確認過嗎？」

紗夕別開目光，保持沉默。

「好～那麼就現在去確認吧。」

朝姬高高興興地轉頭準備登上樓梯。

紗夕抓住她的手臂阻止了她。

「對啦，我去年夏天害怕得不敢確認啦！有問題嗎！」

既然是去年夏天，那或許跟瀨名希墨退出籃球社的時期重疊了。

從紗夕的口吻聽起來，她似乎不知道那個事實。

「下不定決心，會痛苦的人明明是妳啊。」

「我知道！雖然我知道啦～！」

紗夕也清楚地自覺到，拖延愈久門檻愈會提高。

單相思無法與對方交往，相對的也因為沒有判別清楚，可以保持在快樂的狀態。還保留著可能性——有時候，僅僅這樣就是種救贖。

「紗夕。如果妳想重返國中時代，我不建議喔。」

「那我反倒才要拒絕。希學長直到現在對待我的方式還是跟國中時代一樣，這叫我火大。」

「真有希墨同學的風格。」

「沒錯。希學長一點也沒變。所以，我才更加不甘心。」

「不甘心？」

紗夕咬著下唇，用言語表達出在心中悶燒的感情。

「那個人只因為我們住在附近這個理由，就一直照顧著我。由於這個緣故，他被男籃的學長瞧不起。也有人取笑他，說他是幸波紗夕的專屬經理。不過，希學長對那些人來說才是望塵莫及的存在！無論多麼不起眼的事，他都不偷工減料，會負起責任去做。不被周遭的聲音所影響，默默地完成雖然低調卻重要的事情。像這種認真態度與廣闊的胸襟，我覺得很棒……」

「除了自己以外還有別人發現那股魅力，妳對此感到不甘心嗎？真是複雜的少女心。」

朝姬覺得這個專情的學妹很討人喜歡。

「要是希學長上高中後改變形象變得輕浮，我反倒還有辦法對他幻滅。」

紗夕抬起頭，挺直背脊。

「不過妳會找希墨同學攀談，代表妳還沒放棄對吧？」

朝姬詢問她的真實想法。

「是的。我要把這份戀情做個了結。」

那種很有前運動少女風格的快活說法，讓朝姬露出微笑。

「那麼，我就代替加油打氣，給妳一個提示。我想妳只要向他本人好好地問清楚，去年夏天他沒能去看妳打告別賽的理由就行了。」

收到具體的建議，紗夕雙眼圓睜。

「好的！我會去確認！」

「嗯。那我們回去吧。」

紗夕登上樓梯，在開門前道歉。

「剛才很抱歉。明明是我約妳出來散心，卻用了咄咄逼人的口吻說話。」

「引導迷惘的學妹也是學姊的任務。別放在心上。」

「那個，我以後可以稱妳為師父嗎？」

「我不願意接受。」

「噗！朝學姊好嚴格～」

「唉～是被戀愛中的少女影響到了嗎？我大談了戀愛話題啊。」

「請別剛說完引導學妹這種話就嘆息啊！」

「因為紗夕的感情比我想像中還要認真嘛。」

「人生苦短，戀愛吧少女——就是這樣。」

那句話忽然觸動了朝姬的心弦。

「……我們還會再墜入愛河幾次呢？」

朝姬打開門。

「我覺得如果是朝學姊，不管幾次都能墜入愛河的。」

「與人交往和認真地去戀愛，未必是同一件事。」

有些人能夠每次都全力地喜歡上對方吧。

可是，支倉朝姬做不到。

——她想要為特別喜歡的對象所愛。

於是，朝姬終於發現。

事情很單純。

「這樣啊。原來我在羨慕有坂同學。」

她用無人聽得見的音量小聲呢喃。

一將想法化為言語，她終於察覺，在心中深處懷抱的異樣感原來是失戀的疼痛。

◇◇◇

朝姬同學和紗夕回來時，七村的熱烈演唱正好結束。

「歡迎回來。妳們上廁所上得有夠久耶。」

「七村同學，這樣說實在太粗神經了。好差勁。」朝姬同學笑著回到原本的座位。

紗夕以格外憋著勁的表情看著我。

「……怎麼了，紗夕，表情那麼可怕？」

「呃～我有點問題要問，可以問你嗎？」

「怎麼這麼鄭重，什麼事啊。沒關係啊。」

紗夕的緊張傳遞過來，連我也忍不住緊繃起來。

夜華和小宮也都等著紗夕的下一句話。

「那個！請告訴我理由！」

「什麼事的理由？」

「就是你去年夏天，沒來看我打告別賽的理由。」

「告別賽……」

「我聯絡過你吧。訊息也顯示了已讀。對於學妹最後的大場面，可以來支持一下的不是嗎？那個，我希望你至少有回傳訊息拒絕我。」

紗夕用硬擠出來般的聲音問我。

——去年、夏天。

「啊？」

這樣嗎，正好是在那個時候。

「紗夕，對不起。我在那個時期遇到了很大的麻煩。」

「事到如今才道歉，我也不會原諒你！」

看到我的反應，紗夕理所當然地不高興起來。

「吶，幸波說的是夏季大賽對吧。妳還記得日期嗎？」

七村用前所未有的認真聲調詢問。

當紗夕回答了日期，七村、小宮都顯得理解過來。

「……——啊，難道說，是那個時候？」

夜華似乎也想到了。

「咦？怎麼了？去年夏天發生過什麼事？」

二年級生的反應，讓紗夕懷疑地這麼問。

「抱歉，幸波。瀨名之所以沒辦法去為妳加油，原因出自於我。當時起了糾紛，他一點錯也沒有。」

「為什麼是七村學長道歉？也向我說清楚啊。」

充滿自信的七村主動道歉的狀況，讓紗夕終於困惑起來。

「籃球社與別校進行練習賽時發生了鬥毆，護住七七的墨墨被要求背起責任退出社團。」

小宮以淡然的聲音只說出了事實。

「紗夕，抱歉，沒有聯絡妳。當時我很吃不消。對不起……」

「哎、哎呀～希學長也很厲害嘛。咦～實在是嚇我一跳。保護朋友真是有男子氣概。既然是這樣，那也無可奈何。哎呀～我還以為你討厭我了呢。」

首度得知一年前的真相，紗夕也很驚愕。

「那怎麼可能！要是確實知道，我會去替妳加油！」

「嗯……知道你當時沒有無視我，太好了。」

收到我的道歉，紗夕突然變得溫順起來。

「嗯嗯。希墨如果回覆得太慢，很令人火大對吧。」

一旁的夜華深有同感。

「妳別贊同這一點啦。」

「沒有反應會感到不安啊。」

「在與我交往之前，妳明明連LINE都很少傳。」

「跟希墨聊LINE很開心呀。如果造成你的困擾，我會、稍微、忍耐的……」

幾乎天天都用LINE跟我互動的夜華露出悲傷的神情。

如果我不小心先睡著，隔天早上會收到她表達不滿的訊息。

甚至連那樣的訊息也讓我憐愛。

「妳上次也是在午夜零點準時傳訊息過來吧。」

連半天也忍耐不了的夜華，有辦法封印LINE好幾天嗎？

「那、那是我趁著還醒著時傳過去，叫你明天早上不要遲到而已！」

「我知道。我也很開心，所以請保持現在這樣。」

「那就好！」

夜華的表情一亮，由陰轉晴。

情人坦率的反應，讓我也感到高興起來。

「喂喂，你們別趁亂打情罵俏。憂鬱的話題結束了！距離時數用完還有時間喔。既然來了ＫＴＶ，要多唱歌啊！」

「妳們出去的時候，我們都唱過了，所以就算妳們點很多首也沒問題喔。」

七村與小宮催促她們選歌。

「那麼，我來唱嘍～！」

突然打起精神的紗夕氣勢十足地拿起麥克風。

快節奏的快活歌曲開始播放，她如魚得水般興致高昂地唱著歌。

進入間奏時，紗夕瞥了朝姬同學那邊一眼。

朝姬同學看著學妹興高采烈的臉龐，滿意地點點頭。

兩人回來之後，看來建立了某種堅定的信賴。

「還麻煩你們為我出錢，謝謝大家！」

我們二年級生替紗夕付了唱歌費，當作祝賀她上高中。

當擔任主揪的我付完帳走出店外，天色已經入夜。

在外面等待的大家也顯得有點疲倦。我們唱了很長一段時間。

「啊～最後喊叫過頭，喉嚨好痛～」

「七七，你在社團活動時不是平常就會吆喝嗎？」

相對於吵嚷過頭的七村，擅長唱歌的小宮看來游刃有餘。

「你們不覺得隨著截止時間接近，會有種必須發揮全力的想法嗎？」

「我懂～會突然想起有歌還沒唱的那種感覺。」

真拿你沒辦法～小宮從皮包裡拿出喉糖。

「喔。謝了，宮內。」

「墨墨和夜夜還好嗎？要吃喉糖嗎？」

「我還好。妳準備真周到。」

「我也不要緊。謝謝。」

夜華表情冷淡地站在小宮身旁。

回顧今天的夜華，她主要只跟我和小宮交談，對於七村、朝姬同學與紗夕只給了些微的反應，幾乎沒有可以稱之為對話的對話。

就是老樣子的夜華。

不過，她今天願意像這樣在校外參加多人聚會，也算是向前邁進了一步。

「妳們兩位需要喉糖嗎～？」

「我要！」

「我也想要。謝謝妳，日向花。」

紗夕與朝姬同學也收下了喉糖。

「感覺朝姬和幸波感情變好了呢。」

小宮對兩人距離感的變化很感興趣。

「因為朝學姊是我的師父！」

「都說別喊我師父了。」

朝姬同學露出苦笑。

「紗夕，別太向人撒嬌了。朝姬同學也是，對待她只要隨意應付就可以了。」

當我忍不住提出忠告——

「你聽到了嗎，朝學姊？就是這樣啦，這樣。」

「原來如此。國中生等級的反應呢。」

兩人四目交會，理解了什麼。

「今天玩得很開心，下次大家再聚在一起玩吧。主揪繼續交給瀨名包辦。這說起來是瀨名會的成立啊。」

「瀨名會，贊成。」

七村與小宮自顧自地安排起來。

「什麼瀨名會啊。」

「這是對於主揪大人的尊重。」

「七村你只是想在想去玩的時候，把籌辦工作通通丟給我吧？」

「也能這麼說。」七村乾脆地承認了。

「聽起來不錯，我也參加。」

朝姬同學也有意加入。

「我、我也可以參加嗎？」

身為學妹的紗夕也有些顧慮地舉手，七村、小宮、朝姬同學當然都同意了。

「再來，就看有坂了？」

七村擔任代表發問。

大家的目光聚集過去，夜華有點緊張地這麼回答：

「……今天比想像中來得開心。要是希墨願意主持，那我也加入。」

既然情人都這麼說了，我沒有理由拒絕。

所有人一致決定成立瀨名會。

作為主揪，我做了今天最後一件工作。

「今天辛苦了。謝謝大家參加聚會！等到黃金週結束後學校見。」

說完最後一句話，第一次的瀨名會就此解散。

# 第六話　見不到面的時間培育愛苗，也讓人著魔

跟大家告別後，我和夜華決定在一起多待一會兒。

本來想找間咖啡廳，不過之前邊唱歌邊喝了一大堆飲料，現在肚子很脹。一直待在密閉空間裡，也想要恢復一下活力，因此我們在車站周邊隨意散步。

「好累。」

「辛苦了。今天怎麼樣呢？」

一跟我兩人獨處，夜華卸下肩頭的力道。看來她果然很緊張。

「唱歌很好玩。不過，我還沒習慣有許多人的活動。」

從她自己說出「還沒」來看，可以感受到夜華的積極。

「那個瀨名會，妳加入真的好嗎？」

「為什麼是你在害羞啊？」

「用自己的名字命名的集會，很讓人難為情吧。」

我老實地回答。

「這樣簡單易懂，不是很好嗎？」

「……夜華，妳覺得有點好玩？」

「我說贊成是真心的。有希墨與日向花在的聚會，我也方便參加。」

「如果沒有造成妳的負擔那就好……」

「沒問題。如果無法接受，我會馬上拒絕。不過，我最喜歡和你兩人獨處。」

夜華的指尖微微地撫摸我的手。

就像以此作為信號，我握住了她的手。

她沒有拒絕，手指直接重新與我交纏，十指緊扣。

從小見慣的景色，跟情人手牽著手走在其中，看上去也變得不同。

「我以前就是在正好開在那棟大廈裡的『日周塾』補習班準備考試的。那是個人經營的小型補習班，不過有一位有趣的兼職講師，我受到對方很多關照。」

「喔，是男性？」

真少見，夜華的直覺失準了。是因為唱歌累了的關係嗎？

「是女性。她是理科的大學生，經常在實驗室過夜，總是穿白衣外套配涼鞋。她不關心時尚，有時會用原子筆代替髮簪把長髮紮成團子頭。或許是嫌化妝麻煩，那人一年到頭都素顏又戴口罩。那種樣子就叫天才氣質嗎？是個有趣的人。」

我多話地訴說著在本地的回憶。

「真虧那種感覺很隨便的人能讓你考上呢。」

「對我來說，她可是恐怖大魔王。雖然採取總是亂來的斯巴達式教育，她動腦速度快得出類拔萃，很擅長教學。」

因為考上了，現在我可以笑著說出這些話，但當時真的很辛苦。

天天過著用功讀書的日子，賭著一口氣去寫「來，墨同學。接下來解這一題～」她這樣面帶笑容追加的題目。

「那就當成你的恩人，這次我就放過你吧。」

「感謝我寬容的情人。」

「因為每次都要起疑，我會累壞的。」

「放心吧，我不可能找妳以外的人。」

「嗯。我知道。」

夜華一派理所當然地露出遊刃有餘的笑容。

「——可是，果然還是不夠。」

「咦，什麼不夠？」

「……我想跟希墨擁抱。」

「在這裡？」

在大馬路上互相擁抱，實在讓人有所顧慮。

要怎麼做？我想實現夜華的要求。不如說，我也想這麼做。

但即使尋找沒人會看見的地方，也沒找到。

碰到這種時候，其他情侶都會怎麼做？

毫不在意地擁抱下去嗎？對了，之前我看過喝醉的大學生情侶，在車站的剪票口前依依不捨地接吻。

然而我們是高中生，藉著酒精的力量拋下羞恥心當然是違法的。

沒有什麼適合的地點嗎？對了，如果是網咖的包廂，就不必在意周遭的目光了。

啊，要為了擁抱去網咖嗎？

乾脆再度邀請她來我家？不，上次是例外，今天爸媽也在家。突然介紹女朋友給爸媽認識，在各種意義上門檻都很高。

當我東想西想的時候，夜華牽起我的手。

「去那邊。」

我們走進岔路。進入更小條的巷子後，自動販賣機旁邊形成了死角。這樣就不容易被別人看見了。

「這是今天份的獎勵。還有——預借的。」

夜華在那邊理所當然地抱住了我。手也環上我的背，全身緊貼過來。

那個害羞的夜華變得非常積極！

我心中欣喜若狂，但猛然按捺住，以免破壞難得的氣氛。

「請儘管抱。」

「嗯。希墨好溫暖。」

「因為我活著啊。」

「如果你死了，我會很困擾。」

我伸手輕輕地摸摸夜華的頭，柔軟光滑的頭髮觸感很舒服。

「我喜歡這樣。」

我們如沉浸在幸福中般，保持這個姿勢一會兒。

但願這段時光持續一輩子，我打從心底想著。

『高中生談戀愛就考慮到結婚，你還真是浪漫主義者。』

然而，紗夕在KTV對我說過的話閃過腦海。

這點事情我也明白，在腦海一角那個冷靜的我反駁道。

在高中這個年輕時期相遇，就這樣共度漫長的人生直到死去。

在當今的時代，那是何等罕見的奇蹟啊。

高中生情侶所說的「一直都在一起」與「永遠的愛」是何等缺乏現實感的淺薄話語，在未來等待的現實會何等毫不留情。

不管此刻的心情多麼認真，都可能因為一點小契機輕易毀壞。

一旦不安起來就沒完沒了，正因為如此，夜華的話讓我打從心底感到歡喜。

「謝謝妳，在KTV說了『我想和希墨一直在一起』。」

夜華一定也抱著相同的心情吧。

為戀情感到飄飄然，另一方面，也對未來抱著不安。

就算這樣，還是將自己的心意明確地說出口，那是多麼寶貴又重要的事啊。

「不要重複啦。」

「因為令人印象深刻啊。」

我一輩子都不可能忘記，那句令我覺得作為男性再幸福也不過的台詞。

「……因為那只是我的真心想法。」

「我也有同樣的心情。」

「嗯。」

我確實地感受到，我和夜華的羈絆變強了。

「夜華。從明天起就是黃金週。在假期中，我們兩人一起出去玩如何？」

我終於提出了從之前起就在醞釀的假日約會。

夜華緩緩地抬起頭。

她的表情顯得非常歉疚。

「那個，我黃金週會一直待在國外，所以沒辦法去。我們全家要去南洋島嶼旅行。」

「國外？」

行吧。

對了。我的女朋友是千金大小姐。

我聽說她的父母平常在國外工作。這大概是配合女兒們的假期，從之前就開始計畫的旅行吧。

「雖然我希望一個人留在日本，和你待在一起。」

「所以，妳才會把黃金週見不到面的擁抱也一起預借了嗎？」

「自從開始交往後，這是我們第一次那麼久不見面吧。我總覺得不安……」

出發去旅行前就是這種狀態，反倒是我會為她擔心。

「妳光是這麼想，我就很高興了。別在意我的事情。」

「雖然有時差，也不確定網路是不是隨時連得上，但我會頻繁聯絡你的！」

夜華努力地訴說著。

「這是難得的出國旅行。別只顧著在意手機訊號，好好享受吧。然後再告訴我許多旅行中的見聞。」

「嗯。我知道了。」

「什麼時候出發？哪天回國呢？」

「明天早上出發，在黃金週最後一天晚上回來。我一直沒辦法開口，對不起。」

「別這樣道歉。約會又不會逃走。」

「因為決定這趟旅行時，我沒想到自己會交到男友……」

夜華拚命地辯解。

「我也一樣啊。如果知道我會跟妳交往，我也會不參加家庭旅行。所以，我們彼此在黃金週以家人為優先沒有問題。」

「謝謝。希墨你也要玩得開心。」

即使通訊技術很發達，也勝不過直接見面的喜悅。

雖然是沒辦法的事，要說不寂寞那是騙人的。

「話說，明天早上就要出發，妳今天來唱歌沒關係嗎？準備來得及嗎？」

「我很習慣了，行李也都收好了。」

「不愧是妳……不好意思，現在不是唱歌的時候吧。」

夜華肯定是想跟我兩人獨處共度今天的。

「希墨也要跟朋友來往，讓你處處配合我的行程，我也過意不去。」

她有這份體諒之心。情人惹人憐愛的表現，讓我不禁心動。

「沒關係，妳別對我客氣。」

我更加珍惜地緊抱住那纖細柔軟到幾乎要折斷的身軀。

「我已經向你撒嬌得夠多了。」

「夜華，等妳回來以後，我們就去假日約會吧。」

「嗯。我很期待在假日約會。」

彷彿要彌補黃金週無法見面的份，我們擁抱了許久，然後我將夜華送到車站。

我一直揮手，直到夜華越過剪票口的背影消失為止。

夜華一再依依不捨地回頭望向我。

與戀人分別的時刻，不論何時都令人寂寞。

第二天早晨，我比平常更早醒來。

「夜華現在在成田機場嗎……差不多登機了嗎？」

我躺在床上打混，望著天花板呢喃。

「感覺好像回到了春假。」

在見不到面的期間滿腦子想著夜華的這種感覺。當時我們甚至沒交換聯絡方式，完全走投無路。與那時候相比，現在的情況好多了。

「……至少傳個訊息，對她說聲一路順風吧。」

我伸手去拿枕邊的手機，迅速地傳送訊息。

我立刻收到了回應。

**夜華：你一直熬夜到早上？難道說你沒睡？**

她好像誤會了。

**希墨：我有好好睡覺啦。然後在這個時間醒了。**

**差不多上飛機了嗎？**

**夜華：嗯。我剛坐到了自己的機位上。**

這樣的話，她應該必須關掉手機電源了。有趕上真是太好了。

**希墨：祈禱妳旅途順利。玩得開心點。**

我傳出最後一句訊息，放下手機。

在我正準備睡回籠覺時，夜華在最後關頭傳了照片過來。

「──這、這是？」

我的睡意一瞬間一掃而空，從床上坐起來。

那是夜華昨天Cosplay空服員的照片。

對了，她好像聽小宮的話給她拍了照片。

儘管因為不習慣的打扮顯得很害羞，夜華的眼神準確地朝向鏡頭。這可愛的寶藏照片，令我臉上露出笑容。

**夜華：這是特別給你的喔。我不在的期間，不要覺得寂寞。**

**我出發了！**

我又是高興又是害羞，忍不住一直咧嘴偷笑。

獲得一輩子的寶物的喜悅，與對於她的戀慕之情同時湧上。

我拉開房間的窗簾並打開窗戶，看來今天天氣也很晴朗。

「啊——真想馬上見到她。」

我看著照片，想著在飛機上的夜華。

而且，我也想趕快與她在假日約會。

黃金週只要一開始，轉眼間就過去了。

我假期前半悠哉地在家中度過，後半則是三天兩夜的瀨名一家的家庭旅行。

目的地是溫泉。

因為妹妹映還小，父母想趁這段期間帶全家到處走走。

「希墨，爸爸說是時候出發了……你在看什麼？也給人家看看！」

妹妹映連門也沒敲就突然跑進房間。

還對準躺在床上的我，毫不留情地撲了過來。

由於她以小學四年級生來說個子很高，長得又成熟，那股衝擊意外地大。她正在發育成女性化的身體，但內在還是個天真無邪的小孩。

「可惡，放開我，My sister！對妳來說還太早了！還有要叫我哥哥！」

我只要一有空就看著夜華的空服員照片，讀小學四年級的妹妹毫不猶豫地找我鬧著玩。不如說，要是被她看見這種照片，我作為哥哥的威嚴將岌岌可危。

「你最近一直在看手機，多陪陪人家嘛！」

「我知道了。我也會出發，先讓我穿件上衣。」

我費了一番力氣才推開相對於年齡發育特別好的妹妹。

她是個只顧著長身體的小孩子，所以非常棘手。

我在衣架上尋找披在外面的薄外套。

「吶吶，希墨。這件罩著塑膠套的衣服是國中制服對吧？映成為國中生以後，也會穿這個嗎？」

不知道有什麼好玩的，她特地跑來我身邊看我挑上衣。

做事守規矩的母親，把我國中的立領制服也特地送去乾洗。當然，由於已經沒有穿著的機會，制服外面仍舊罩著透明的塑膠套。

「女生是穿水手服。」

「就是紗夕穿過的那種？」

「沒錯。還有，紗夕也跟我進了同一所高中喔？令人嚇一跳吧。」

「她現在和夜華一樣穿著那種可愛的制服嗎？」

雖說是小孩子，映也是女生。

她似乎有屬於自己的講究，對於打扮也頗為挑剔。

因此她十分清楚，永聖的制服很時髦。

像我讀小學的時候，只記得父母買什麼衣服就直接照穿而已。

「對啊。」

「人家也想穿同樣款式的！」

「如果妳想和夜華穿同樣的制服，不用功讀書可是考不上永聖喔。」

「人家很會讀書喔。考試總是考一百分嘛。」

沒錯。與傻呼呼的言行舉止相反，映很會讀書。她在關鍵時刻的專注力很高，記憶力也不錯，成績單上總是全部五分滿分。

父母在走廊上呼喚我們。

我套上外套，揹起裝著換洗衣物的背包，和映一起走下樓梯。

我打算至少在旅行中把映交給雙親照顧，自己則負責提行李與拍照。

然而，習慣這種東西很難改掉。

我像平常一樣注意盯著歡欣雀躍的妹妹，從頭到尾都被她耍得團團轉。

只要有攤販，她就說我想吃這個。

只要有地方賣土產，她就說我想要那個。我累了。要上廁所。我要再多玩一會兒。我想做那件事。也想做這件事。想做更多事。想做更多更多事。

被父母一個勁地寵著，映看起來開心極了。

「希墨你來揹映。」光是映睏了，母親就一聲令下。揹著一個小學女生往前走相當吃力。

嘶～呼～耳邊傳來她在睡夢中舒服的鼻息。

最後雙親還悠哉地說什麼「希墨和映真是一對感情很好的兄妹」。

映在晚餐時復活，穿著浴衣又開始歡鬧，另一方面，我則受到輕微的肌肉痠痛折磨。

我逃也似的去露天浴池泡澡，終於得到獨處的時間。

夜華現在在異國的天空下是怎麼度過呢？

愈見不到面，思慕對方的時間愈久。

「愛意是在自己心中擅自成長的東西呢。」

或許是泡在不燙的泉水中放鬆的緣故，我不禁陷入感傷的心情。

雖然白天忙著陪映，像這樣獨處時，我果然滿腦子想的都是夜華。

我一邊仰望滿天的星空，一邊長時間泡著溫泉。

我出浴後換上浴衣，在降溫用休息區休息。

我一時興起，將洗完澡後喝的瓶裝牛奶照片傳給夜華。
「因為有時差，她大概明天才會回應吧。」
我就這樣邊玩手機邊放鬆直到身體降溫，時機巧妙地收到了LINE的訊息。
**夜華：你喝牛奶的時候，有確實擺出插腰動作嗎？**
看到那個訊息，我笑了。
**希墨：那是當然（笑）。**
過了一會兒，訊息通知聲再度響起。
我以為是夜華，打開一看，發送者是幸波紗夕。
**紗夕：你現在在哪裡？我經過你家門口，但屋子裡沒有開燈。**
**希墨：我們來溫泉旅行。**
**紗夕：咦，不會吧！你已經跟夜學姊踏上恩愛溫泉之旅了？**
**希墨：別太跳TONE。我是跟家人一起來。夜華出國旅行了。**
**紗夕：哇～真好。溫泉很舒服嗎？**
別當成沒事般地回到原本的對話啦。
**希墨：真是天堂。我不想回去了。**
**紗夕：你什麼時候回來？**
**希墨：居然忽視～**

**紗夕：請別說那種老氣橫秋的話。**

**希墨：這是心情的問題。**

**紗夕：那麼，你什麼時候回來？請回答。**

**希墨：明天晚上回去。**

**紗夕：了解～**

我一點也不清楚，她了解了什麼。

**紗夕：啊，請帶土產給我！不買的話我會生氣喔！**

這個貪心鬼！

「即使上了高中，她也什麼都沒變啊。」

像這樣在晚上和紗夕傳LINE也是相隔許久了。

我回溯時間軸。我們最後一次訊息互動，是在去年的夏季之前。

「我的確沒有回應……」

訊息內容寫著紗夕早已結束的告別賽舉行時間和地點，並要我去為她加油。

別說沒有回應，我甚至不記得自己曾經看過。

當時我因為是否會受到籃球社退社處分的紛爭，精神上很吃不消。不管做什麼事都提不起勁，喪失了所有精力。

不，不對。

正因為處在那種糟糕的狀態，我才會前往有坂夜華所在的美術準備室。

只有和夜華交談的時候，我才能不可思議地忘掉煩惱。

我沒有花多少時間，就自覺到那是我對她的戀慕之心。

「啊～希墨，你在這裡啊！快點回去吧！」

過來接人的映拉著我的手，我也總算站了起來。

「喂，映。浴衣跟睡衣不一樣，別鬧得太厲害。」

穿上不熟悉的浴衣，興奮的映在走廊上也想穿著拖鞋到處奔跑。

「因為浴衣輕飄飄的很好玩嘛。」

「衣服會鬆開的，別做激烈的動作。在回房間前，妳都要安分一點。」

「咦～如果你買冰給我吃，我就忍耐。」

不等我回答，我妹妹已經奔向大廳的販賣部。

我身上帶著的零錢還足夠買冰。

「……吃完以後，要再刷一次牙。」

「哇～吃冰～！哈根達斯！」

「這裡沒賣吧。給我選更便宜的。」

這裡果然沒賣映最想吃的高級冰淇淋，但或許是所謂的觀光地價格，冰品的售價頗貴。

「也分我吃一口。」

「才不要。這個是人家的！」

「這是我買的吧。」

「真沒辦法～因為是希墨，所以特別給你吃喔。」

她擺起架子用木湯匙勺起真的只有一小口的冰淇淋遞過來。就算這樣，還是冰涼又可口。

「再讓我多吃一點啦。還有，要好好地叫我哥哥。」

「兩個我都不要！」

搞不懂。我妹為何不肯稱呼我為哥哥呢？

在等她吃完冰淇淋的時候，我收到了來自夜華的訊息。

我先看了一起傳來的圖片。

「噗啊？」

我大大地噴出口水。

「怎麼了～？」

映一臉不可思議地看著我。

「不，沒什麼……」

我按住怦怦直跳得幾乎要破裂的心臟，裝出平靜的模樣仔細確認訊息。

傳送者確實是夜華，但內容卻不是她寫的。

**夜華：感謝我吧，男友君。By小夜的姊姊**

傳過來的圖片是穿著泳裝的夜華。

夜華站在南洋的白色沙灘上。

這大概是她姊姊偷偷拍下的吧。

夜華的目光沒有對著相機方向。沙灘傘濃密的陰影落在照片前方，底下露出一部分應該是躺在沙灘椅上的拍攝者，夜華姊姊的美腿。

「話說回來──」

夜華的身材出色得令人屏息。身軀明明纖細卻起伏有致。胸部的分量不用多說，屁股也很驚人。

還有泳裝（比基尼）的布料相當少，令我嚇了一跳。

先前她來我家過夜時碰觸到的柔軟肌膚觸感記憶復甦，讓我不禁冒出露骨的想像。

夜華的姊姊，真的非常感謝妳！

一段時間後，夜華又發來訊息。

**夜華：那張照片是我姊自作主張傳的！**

**馬上刪掉！清除掉！求求你！**

看樣子她發現了姊姊的惡作劇。

抱歉，我光速儲存了照片。

◇◇◇

黃金週還剩下一天。

在昨夜回到家的瀨名一家，各自依自己的意願度過最後一天假期。

爸媽在稍早前出門購物，直到傍晚前不會回來。

我沒有什麼要做的事，穿著居家服在客廳的沙發上放鬆。

我用手機查看國外的氣象，夜華的旅行地點似乎天氣惡劣。

「希望回程的班機不會受到影響。」

從明天起又要上學了。假期結束雖然遺憾，但終於能見到夜華了。

我看著夜華的照片，這已經成為我打發時間的固定活動，門鈴在此時響起。

「希學長，來玩吧。」

「妳是小學生嗎！」

我走到玄關開門，穿著便服的幸波紗夕站在眼前。

她一身休閒又無可挑剔的運動風打扮。Oversize的外套刻意穿得隨性，露出白皙的左肩。內搭的無袖襯衫下襬很短，隱約看得到肚臍。下半身穿著很短的短褲，雙腿幾乎是從大腿根部到纖細腳踝都毫不吝惜地露出來。腳上則是一雙有分量感的厚底運動鞋。

「哇～沒有緊張感的假日風格。運動服配T恤，這也太漫不經心了吧。」

「因為很輕鬆，所以這樣就好。」

「真虧你能穿這樣出現在別人眼前。」

「因為我以為是宅急便！」

紗夕在旅行中發來的LINE，就是為了這個目的嗎？

「這是驚喜。我以鄰居特有的輕鬆感來見你嘍！」

紗夕微微歪著頭，可愛地微笑著。

從她的妝容與服裝來看，似乎不是一時興起順道前來我家。

「好啦，換衣服出門吧。反正你想著起碼假期最後一天要在家裡悠閒度過對吧。天真，太天真了！玩個過癮才叫放假不是嗎！來，如果你選不出衣服我來幫你搭配。打擾了～」

「不，別自然地試圖跑進我家。」

她就像上門拜訪一般走進家中。

「咦～你是叫我在你準備好之前都在外面等嗎？魔鬼～」

「我甚至根本沒說我要去吧。」

當我們在玄關交談，「啊～是紗夕～！」發現她的映跑了過來。

「小映！妳過得好嗎？妳今天也超可愛呢！」

映和紗夕雙手合掌，高興地打招呼。

當她與紗夕像這樣碰面時，總是會吵吵鬧鬧地聊天。

「希墨和紗夕要去哪裡嗎？也帶我一起去嘛。」

映認為感情很好的紗夕當然會答應。

「喂喂，映。不可以提出勉強別人的要求吧。乖乖和我一起看家吧。」

「咦。希學長你真的不去嗎？」

「我不能把妹妹獨自留在家中。」

「妹控！」

「這是預防犯罪的意識很高。」

「噗！那小映也一起去吧！這樣就沒關係了吧！」

紗夕有點生氣地強行要求。

「贊成！」映馬上站在她那一邊。

「人家想練習羽毛球。最近經常和朋友一起打喔！」

映從玄關的櫥櫃裡拿出球拍和羽毛球，這麼強調著。

妳是小孩子嗎！啊，她讀小學四年級。她是個小鬼頭，反倒幫了我的忙。

「我贊成打羽毛球。」紗夕似乎一瞬間感到驚訝，但立刻贊同。看來她格外地想出去玩。

兩個人一起直盯著我的臉龐。

「……我知道了。如果是去附近的公園，我就一起去吧。」

「不愧是希學長，很寵小映呢！」

紗夕也接受了這個作法。

「對了。我給妳買了溫泉饅頭當土產喔。」

「咦～送女高中生溫泉饅頭當土產是怎樣啊～」

「不喜歡的話那就不給了。」

「哇～我收！我會收啦！我最愛吃甜食了！」

紗夕慌忙擺出謙遜的態度。

「人家也吃過，很好吃喔。」

「這樣啊！既然有小映打包票，我很期待品嚐。」

紗夕與映像姊妹般默契十足地相視而笑。

「我去換衣服，順便拿饅頭過來。」

「啊。在大熱天隨身帶著也不放心，我要回去時再收下吧。」

「了解。」

我立刻回房間換衣服。

今天天氣非常晴朗，又要活動身體，應該會變熱吧。

我挑選了修身的黑色及踝長褲與圓領白T，外披一件薄夾克，營造出成套的風格。腳上是長年穿著，十分合腳的白色Nike Air Force 1。

當我回到玄關，紗夕檢查我的衣著。

「不至於太偏運動風的俐落簡潔穿搭，給你及格分數吧。」

「別作時尚檢查。」

「如果同行的人穿得很土，不是會降低興致嗎？話說，你還在穿那雙運動鞋啊。」

「這樣啊，買這雙鞋的時候妳也在來著？」

參加運動社團，會有很多消耗品。我現在穿的運動鞋，也是剛好和紗夕去購物時順便買的。

「哇～你那時很猶豫，我可是給了你很多建議與推薦的，居然忘記了嗎？好過分～」

「因為很喜歡，這雙鞋我穿了很久喔。也會頻繁清洗。」

「因、因為我的推薦不可能失準嘛！」

已經走出門的映出聲催促，我們前往公園。

# 第七話　遠遠落後的戀情終於追趕上來

公園在從我家步行大約五分鐘的地方，位於東京都內的住宅區，卻占地頗大。空間寬敞得足以讓孩子們盡全力玩捉迷藏四處奔跑。

我小時候也常常在這裡玩耍。

我們依照映的要求打羽毛球。我、紗夕、映一共三個人，而球拍則是兩把，我們決定兩兩輪流上場打球。我坐在長椅上，一開始先擔任裁判。

我撿起樹枝大略按照球場的大小畫線。因為沒有球網，就用目測判定。以先得十分者獲勝為規則，比賽開始了。

「小映，我要上嘍！」

「ＯＫ，紗夕！」

紗夕的運動神經依然出色。就連不在專精範圍的羽毛球，沒經過練習也能輕鬆打好。她漂亮的發球飛向對手側的場地。

相對的，映也不輸給她。她發揮小學生特有的敏捷，意外凌厲地回擊紗夕的發球。

「喔，真厲害。小、映！」

「人家是全班打最好的喔！」

既然是打最好的，那沒必要練習嘛，我在心中吐槽。

兩人若無其事地一邊聊天一邊揮拍，不過羽毛球來回飛行的速度相當快。

紗夕一開始以休閒活動的感覺放水，但或許是受到映的認真態度影響，現在是拿出真本事在回擊。

面對使出全力的對手，映很興奮，也笑著毫不留情地進攻。她對準場地線邊緣發出犀利的殺球。

紗夕也憑藉籃球社時代鍛煉出的腰腿力量追到球，驚險地打了回去。

「咦。妳們水準很高耶。這我做不到耶。」

妹妹的運動能力比預期中更強，讓我坦率地感到驚訝。她是什麼時候變得那麼厲害的。對了，她的體育成績也從一年級開始一直都是五分。

「不，既然體力那麼好，就別在旅行中讓我揹妳啊。」

「希墨，你說了什麼嗎？」

映以目光追逐在空中的羽毛球，同時反問。

緊接著，她發出的殺球刺向紗夕側的場地。

紗夕以全速奔跑，可惜球拍未能趕上。

「裁判，看這邊！剛才那球以些微差距落在線外。出界了，出界！」

紗夕向裁判提出抗議。

「別對小學生當真起來啊。球有落在線內啦。好，是映獲勝了。」

「好耶～！」

為勝利而歡喜的妹妹天真無邪地蹦蹦跳跳。

咦，剛才明明大量活動過，為什麼她還能跳那麼高？小學生的體力深不見底嗎？

「你看到剛剛的比賽了吧。小映的水準不是超級高的嗎？她真的是小學生嗎？」

「我從她包尿布的時候就跟她一起生活了，所以她毫無疑問是小學生。」

「最近的小學生還真厲害啊～」

「如果妳對比賽結果不滿，要再比一場嗎？我把順序讓給妳。」

「沒辦法，我已經累壞了。不休息一下身體會撐不住～」

紗夕癱坐在我坐的長椅旁邊。

「好啦，輪到希學長了。請加油展現你帥氣的一面吧。」她把球拍交給我。

「映不休息沒關係嗎？」

「沒問題。」還遊刃有餘的她反倒催促著我。

「我不覺得我贏得了。但作為哥哥，我不能輸。」

老實說，我並不擅長使用道具的運動。

「希墨，需要我放水嗎？」

「不如妹妹的哥哥是不存在的！」

賭上瀨名兄妹的骨氣與自尊的一戰在此開幕。

「希學長和小映都加油！」

以紗夕的加油聲為信號，映發球了。我追逐羽毛球的軌道，跑到落地點強而有力地揮動球拍。

然而，球拍大大揮空，羽毛球落入球場。

「……小映，一分。看來會是場壓倒性大勝呢。」

正如紗夕的預言，我以大比分差距輸給了妹妹。

「真是沒來由地不甘心。」

「希墨也很努力喔。」結果還被小學四年級生安慰了。

「所以說，要叫我哥哥啊……」

第三場比賽是我和紗夕的對決。

「做個了結的時刻終於到了。這場對決，將由我獲勝。」

「我一定要避免全敗的結果！」

這是不能輸的一戰。

我也在和映的比賽中掌握到訣竅，變得能在面對紗夕時設法延續拉鋸戰。

「你對小映、手下留情了嗎？你是不是、比剛才進步了？」

「妳才是！明明剛考完大考，動作卻、這麼迅速！」
「希學長才是，明明離開了、籃球社，卻意外的、能打嘛！」
「只有妳，我不能輸！」
拉鋸戰不斷持續。
好熱。我開始冒汗。明明是五月，天氣卻像夏天一樣好。
我以渾身之力使出的殺球成功得點。這麼一來雙方同分了。我還有機會獲勝。
「面對女生都毫不留情呢。」
「就算我故意輸給妳，妳也不會高興吧？」
「——你很清楚嘛。」
紗夕高興地笑了。
「吶，希學長。給這場比賽的贏家一些獎勵如何？」
「好啊。如果我贏了，妳就請我喝飲料。那妳呢？」
「我——」
紗夕的嘴唇微微發抖，然後說出她的希望。
「如果我贏了，請你相信我在那之後所說的話通通是真的。」
「……雖然我不太明白，這種東西就可以了嗎？」
「這種東西就可以了。不是平常的玩笑和謊話，你要當作我是認真的聽我說。」

紗夕的表情十分認真，絲毫感覺不到逗弄我取樂的氣息。那是國中時代，她在籃球社拚命練習時的氣氛。

「看招！」

「喝！」

「哼！」

「嘿！」

一進一退的攻防戰。

雙方都全力試圖取勝。紗夕憑著執著撈起幾乎要落到地上的羽毛球。她並未錯過我的失誤，精確地擊出殺球。

難分難解的激戰到最後，勝出的人是紗夕。

「好耶～我贏了！」

「可惡，輸掉了嗎？唯獨這場對決，我明明想要贏下來的。」

我垂下頭，汗水滴落下來。我們到底打了多久。

啊～累了。我癱坐在長椅上。

「休息一會兒吧。再不補充水分會有危險。」

「那麼，小映。妳可以去那邊的便利商店買飲料回來嗎？幫我和希學長買水，妳可以挑自己愛吃的零食和冰品喔。」

「我知道了！」

映從紗夕手中接過了錢，走向離公園很近的便利商店。

「這點錢我會出的。」我伸手要去拿自己的錢包。

「這是來自勝利者的施捨。默默地收下吧。相對的，你記得我在比賽時說過的話吧？」

「要我相信妳說的話是真的，對吧。妳到底要對說我什麼來著？」

好熱～我搧動襯衫的衣領，尋求一點涼意。

「……──紗夕？」

我忽然感到不對勁。看向站在我面前，神情嚴肅的學妹。

「瀨名希墨先生，我喜歡你。請和我交往。」

臉頰因為日曬與炎熱發紅，紗夕向我告白了。

和平常那種假告白不同。

她現在的話語並未帶著開玩笑般的笑意。

相對的，我清楚地感受到她非常緊張。

「這不是玩笑話對吧？」

「我並非永遠都是你國中時代的學妹。相處起來輕鬆愉快、無須顧慮，年紀比你小的女生。那種關係已經結束了。」

「為什麼事到如今才說？」

我很混亂。

我們住在附近，也參加同一個社團。我在國中時代與幸波紗夕共度過了不少時光。儘管如此，我未曾對紗夕抱著特殊的感情。

「……這不是沒辦法嗎？直到見不到你以後，我才終於發現自己真心喜歡你。」

「妳說見不到我，那是在我畢業以後嗎？」

「正確來說，是你離開社團之後。你不再來接我去晨練，結束社團活動後回家路上也是一個人走，我每天都奇妙地覺得寂寞，覺得缺少了什麼。」

「妳朋友很多，還有許多其他人在吧。」

「我一開始也這麼認為，但是不一樣。朋友無法代替。我發現了這一點，終於自覺到瀨名希墨是特別的男性。」

「不過，即使我離開社團，我們在走廊上擦肩而過時也會站著聊一下吧？我完全沒感覺到那種跡象啊。」

由於要準備考試，我和紗夕見面的頻率無論如何都減少了。

就算這樣，我們直到畢業前都會不時聊天。

……這傢伙從當時開始就喜歡我了？

不會吧。

「因為希學長跟我距離太過接近，太過熟悉了。一到了兩人聊天時，我就會變回平常的老樣子。」

「如果是妳，自覺到喜歡後感覺會主動追求……」

「所以說，那個認知是錯誤的！」

「……抱歉。」

現在向我告白的她，不是我心中的幸波紗夕。

那是在作為學長學妹點滴累積的日子中，建立起的紗夕印象。

但是我所知的紗夕的為人，始終僅限於表面吧。

人不會輕易揭露內在，特別是戀慕之心。

不管多麼親近，要表明真實心聲都很困難。

就像對我而言高不可攀的有坂夜華，其實與我是兩情相悅一般。

就像同樣擔任班長的搭檔支倉朝姬，之前偷偷喜歡我一般。

就像親近的同學宮內日向花，曾對我暗藏好感一般。

從國中開始的學妹幸波紗夕，單戀我也不足為奇。

所以，我必須好好地接受她的心情。

「雖然被人喜歡過，但這是我第一次主動認真地喜歡上別人。沒辦法那麼簡單地就去告白。」

「嗯。」

「即使在獨自前往晨練之後，我每天早上都會經過希學長家門口再去學校。期待著你或許會從窗戶探出頭。」

「只顧著自己睡覺，太奸詐了～感覺妳會以這種調調一大早打電話給我啊。」

如果要前往國中，經過我家是繞遠路。沒想到，她居然還做過這種事。

「如果我這麼做，你會生氣吧？」

「當然會。」

「因為我知道你會生氣，一想到你或許會討厭我，我就什麼也做不了。」

少女的純真於如今揭露。

「為了考上永聖，希學長當時不是超認真地用功讀書嗎？我覺得打擾你不太好。」

「哎呀，這方面謝謝妳的體諒。託妳的福，我考上了。」

一點也沒錯。以我當時的學力，要進入永聖高中無比困難。

周遭的人也都告訴我這不可能實現，正因為如此，我才賭著一口氣用功讀書。一方面也多虧當時上的補習班的講師非常擅於教學，我設法考上了學校。

「考試結束後，我心想這次終於能追求你了，充滿幹勁地等待著。然而，當希學長確定考上後，我突然害怕起來。我太過在意，結果什麼也做不了就到了畢業典禮……」

聽到她現在訴說的令人驚愕的背景故事，我只能呆然不已。

幸波紗夕真心喜歡我。

「啊～雖然已經做好覺悟，果然還是有夠難為情的！」

紗夕就像終於忍受不了一般，勉強露出笑容。

「這種屈辱感是怎樣啊。居然趁這個機會讓我暴露過去！」

她眼神飄移，拍打著我。

「我也很難為情喔。」

「……啊。不好意思。」

彼此接近的距離讓紗夕回過神，溫順地坐在我的身旁。

「……妳一直都像現在一樣緊張吧。」

紗夕面紅耳赤地點點頭。

「——升上三年級後，我想向你告白。所以，我才聯絡你，要你來為我的告別賽加油……然而其他無關緊要的人來了，卻只有希學長你沒來。」

沒想到紗夕聯絡我去看告別賽真正的目的，不是要我去加油，而是要向我告白。

「紗夕，雖然事到如今才說太晚了，但我向妳道歉。對不起，當時無法回覆妳。對不起，沒能去替妳加油。」

「沒關係，我也有點誤會了。上次唱歌時讓我了解到，去年夏天對於希學長而言是真的很辛苦。」

「我明明沒有去加油，妳的心情卻沒變嗎？」

「我才是最驚訝的人。因為錯過了告白機會，明明要是能生氣變得討厭你就好了……我卻無論如何也做不到。」

紗夕事不關己般地說道。

「那妳跟我上同一所高中也是嗎？妳說選擇學校的理由是制服，也是謊話嗎……？」

「這、這場偵訊在精神上太難熬了！」

「紗夕，現在是妳自己想得到的獎勵時間吧！」

如果在這時候退讓，一切都會變得模糊不清。我這麼認為，主動詢問。

「噗！欺負我很好玩嗎？」

紗夕一開始的氣勢和覺悟漸漸動搖。

「那妳瞞著我就讀永聖的事情是為什麼？」

「我、我在觀察時機！我心想必須去見你，卻發生了你和夜學姊發出情侶宣言的狀況……」

漫長的單相思。不擅讀書卻努力學習，進入同一所高中。

這樣到了最後出現的情敵是夜華，會畏縮是正常的。

不過，紗夕再度出現在我眼前。

然後，今天她沒有說出假告白，而是對我認真地告白。

明明身上不停冒汗，緊張卻讓我的指尖發冷。

間隔短暫的沉默後，我發問：

「——即使如此，妳也要向已經有情人的我告白嗎？」

「現在是對我而言的獎勵時間。我不會停止的。」

彷彿在鼓舞又快要退縮的自己，紗夕也擺出高壓的態度。

「夜學姊和尋常的美女是不同次元的存在。我不覺得她和我們同樣是高中生。就像普通人裡混入了藝人一樣……希學長總有一天會被她甩掉的。」

「那是因為妳不了解夜華……」

「請冷靜下來！高中生的戀愛會一直持續下去嗎？你認為只靠愛情能牽絆住她嗎？現實才沒有那麼簡單！」

「這因人而異。與妳無關。」

「我不希望喜歡的人受傷！」

紗夕拉高嗓門。

「……妳別擅自決定我的未來。」

「是談了戀愛飄飄然的希學長看不清現實。」

「因為總有一天會分手，要我在受傷之前跟妳交往？這也太牽強了吧。到底有誰清楚那麼遙遠的未來？」

「就算這樣！我想要待在你身邊！我不願意不能再跟你聊天！」

我已經無法直視紗夕。

「哪怕是妳，若要講我的情人的壞話，我也無法像至今一樣跟妳相處了……」

我也覺得再度和紗夕疏遠很遺憾。

雖然悲傷，情況一旦變成這樣就很難處理了。

半吊子的態度反倒會更加傷害紗夕。

既然沒辦法回應她的心意，那只能果決地切斷關係。

「──那我不講她壞話，讓我隨心所欲去做吧。」

「？」

我還沒反問，就被壓倒在長椅上。

「咦，等等。什麼，怎麼回事？」

「我可不會輕易跟你吵架分開，讓你獨自獲得痛快喔。」

紗夕從上方按住我，露出一口白牙凶惡地笑了。

「好啊。你不想傷害夜學姊對吧？我明白希學長的意志了。」

「妳不明白！大概什麼都不明白！」

「我也要把我的意識蠻幹到底！不管事情會變成怎樣我都不管了！」

紗夕騎在我身上，雙手按住我的肩膀。

「等一下等一下！大白天的妳打算做什麼！這裡是公園！映也會回來！」

「我不等了！我要硬上！現在！在這裡！吻你！製造既成事實！」

表明決心後，紗夕同時將臉龐湊了過來。

她貼上我胸膛的身軀熾熱且濕潤。

「別糟蹋自己！」

「我想把初吻給希學長。」

靠近的紗夕緩緩閉上眼睛。

「不要緊。只要你保持沉默就沒有問題。因為我也會保密。」

紗夕竟然不顧一切強行對我展開進攻。

那是會讓大腦核心麻痺的甜蜜誘惑。

考驗男人自制力的女性親密接觸。

眼前只見湊近自己的少女臉龐。

散發出引人動搖的汗濕體香。

紗夕的影子擋住了陽光。

就這樣坦然接受吧。

沒必要感到苦惱。

來，放輕鬆吧。

這是個祕密。

嘴唇好近。

「——！」

我將雯時間抓住的球拍舉到臉孔前面，擋住正要親吻我的紗夕。

「……這個防禦不會很過分嗎？」

「面對緊急情況，我無法選擇手段。」

「不願意的話，明明可以推開我啊。」紗夕悄悄地離開我身上。

「那種事我怎麼做得到。」

我從長椅上坐起身。

「你動搖了吧。」

「我不習慣這種事情。」

「……別那麼鬆了口氣，這樣我不是又會受傷嗎？」

「紗夕。」

「沒關係。因為我擅自選擇了長期戰。」

紗夕低垂著頭，臉龐被頭髮遮住，我不知道她是什麼表情。

「妳還要繼續嗎？」

「我的心情沒有變！雖然剛才很可惜，不過我也心跳加速得厲害。」

「紗夕！」

「結論交給希學長決定。可以的話，我想和你兩情相悅，成為普通的情侶。」

「所以說，我……」

「我想待在你身旁。」

看到這麼訴說的紗夕的臉龐，我不禁無言以對。

「紗夕～希墨～東西買回來嘍——！」

映提著便利商店的塑膠袋朝這邊跑過來。

「今天我就回去了。學校見。」

紗夕背對我，從跑回來的映那裡拿走自己的飲料，走出公園。

「紗夕怎麼了？她要回去啦？」

「她好像有急事要處理。」

我隨意矇混過去。

「喔～是不是有什麼開心的事呢？」

「咦？」

「因為紗夕又哭又笑的。」

「……映。給我水。」

我把一直握在手中的球拍放在長椅上，一口氣灌下冰涼的礦泉水。

沒多久之後，手機傳來LINE的訊息通知聲。

**紗夕：我會一直等待你同意的回覆。**
**如果要跟夜學姊商量，請隨意。**
**啊，請注意別引起她吃醋喔（笑）**

「寫什麼（笑）啊！」

我曾經被迫等待告白的答覆，卻是第一次被人告白之後就跑。

◇◇◇

被紗夕告白後，我苦惱著該怎麼做。

不，唯有結論是確定的。

我的情人是夜華。

這一點不會改變。

只是，在看到紗夕臉龐的那一瞬間，我猶豫了。

就算映回來了，我也應該在那裡當場說出來的。

因為拖延答覆，我不得不重新安排認真面對紗夕。

光是想到因此產生的精神消耗與以後的應對，我就覺得心情沉重。

我無法忽視對方認真的感情。

我對羽毛球已經心不在焉，雖然又和映打了一場比賽，卻不成勝負。

映以大比分差壓倒性獲勝，沒有對我令人失望的表現生氣，反倒擔心著我。

「希墨，你怪怪的。我們回家吧？」

「不好意思，就這樣吧。」

「嗯。球拍也由我來拿吧。」

讀小學的妹妹格外地體諒我，我們難得地手牽著手走回家。

回到家後，我發現應該交給紗夕的土產還放在玄關。

我關進房間裡，癱倒在床上。

「居然丟下驚天動地的震撼彈……」

在黃金週期間，情人出國旅行見不到面。

在我感到寂寞的時機，她做出明知不可能也要嘗試的告白。

為了製造既成事實而強吻我。

甚至還提出只要我保持沉默就可以的祕密關係。

「沒想到紗夕她鑽牛角尖到做出那麼亂來的舉動。」

我竟一點也沒發現。我感到心痛。

她在告白時，一定連我這份罪惡感都預料到了吧。
她試圖透過像這樣動搖我，採取大膽的行動來強行改變關係。
只要強行壓倒就能搞定的男人。
國中時代的我應該會忘乎所以，難為情地接受吧。
「雖然本質的部分沒變，不過要是以為我和從前一樣，那就太小看我了。」
——我也有所成長。
重逢後的紗夕，只靠幾次見面，有正確地看穿我的變化嗎？
如果她理解了，在明白會失戀的前提上告白的意義是——
「……——比起告白的結果，告白本身更重要嗎？」
我隱約覺得，那個學妹大概是這樣想的。
紗夕未能在去年的告別賽表白心意，一直來到了今天。
「那麼，必須好好地做個了結。」
我們成為了高中生。
已經無法重回那個時候。
「因為土產沒交給她啊。」
我要拒絕紗夕的告白，我已這麼決定。
既然那傢伙直接表明了心意，我也想面對面地向她傳達。

夜華在深夜傳來了LINE。

直到紗夕這件事告一段落之前，我刻意不去打開訊息。

# 第八話　謊言

第二天早上，我比平常起得更早，在幸波家門口等紗夕出門。

一手提著的紙袋裡，裝著昨天未能交給她的土產。

就算被她抱怨，這是用來見面的藉口。

當我模擬之後會有的發展時，幸波家的玄關大門突然打開。

走出來的人是紗夕——是與她長得一模一樣的阿姨。

「哎呀，希墨？怎麼來了！你過得好嗎！」

紗夕的母親早上出來丟垃圾，一發現我，立刻踩著拖鞋小跑步走過來。

「好久不見。啊，要丟垃圾對嗎？我來幫忙。」

「哎呀，這樣不好意思。」

「請別事到如今還跟我客氣。」

我接過垃圾袋，提到附近的電線桿處。

「不知道有幾年沒讓你幫忙了呢。能見到你真高興！你長高了好多。男孩子會成長那麼多啊。要不要從現在開始給紗夕生個弟弟呢。啊，我當然是開玩笑的。呵呵。」

紗夕的母親用朋友般的態度對待我這個女兒的熟人。

她還是老樣子，看起來實在不像有個讀高中的女兒。

那年輕的外表，和女兒一起走在路上會被人說是姊妹。

阿姨熱愛聊天，國中時代在等候紗夕準備時，我們會像這樣在早上站著聊幾句。

「今天是怎麼了？難道你是來見我的？如果是這樣，我很高興。」

「早安。能夠見面，我也很高興。啊，這是前幾天我們去家庭旅行時買的土產。方便的話，還請收下。」

我先把土產交給紗夕的母親。

「謝謝！啊，溫泉饅頭！今天的點心就決定是這個了。」

「對了，紗夕在嗎？」

「哎呀。她今天早上很早就出門了。」

「已經去學校了嗎？為什麼？」

「為什麼呢～」

「紗夕以前明明那麼容易睡過頭，現在變得能夠早起了呀。」

「沒這回事。她從小開始，就是一到時間會馬上起床的孩子。」

紗夕的母親輕描淡寫地說出我不能當作沒聽到的情報。

「咦？這是怎麼回事？」

「……——啊。這是不可以告訴你的事情啊。紗夕明明叫我別說的。不過，時效期限已經過了吧。對不起，之前瞞著你。」

「我闖禍了。」紗夕的母親以天真無邪的調調說。

紗夕都很早起床？

「呃～那麼，紗夕說她早上爬不起來，沒辦法參加晨練是……」

我戰戰兢兢地問。

「那孩子從以前開始就起得早。因為早上總是預留充裕的時間起床，她一開始好像單純是不想去晨練。不過，自從希墨你開始過來接她，她先是不情願地去參加，後來漸漸變得樂在其中。所以，你不再來接她，好像讓她大受打擊。」

「喔。是這樣啊。」

「打告別賽時，她也很期待你去為她加油。不過時間上沒辦法配合也無可奈何。」

「…………」

「對了對了。所以她突然說高中想讀永聖時，我嚇了一跳。紗夕明明不擅長讀書，卻竭盡全力地努力用功。這也是拜你所賜。」

紗夕的母親瞇起眼睛微笑。

「……我什麼也沒做。那是紗夕靠自己努力的結果。」

「即使如此，給予那孩子契機的人是你。謝謝你。」

紗夕的母親知曉一切。我這麼覺得。

「希墨，聽說你在高中交到了女朋友？」

「是的。」

「她比我家孩子更漂亮？」

「打從心底喜歡上的女生，就是全世界最美的人。」

「呵呵，一百分的回答方式呢。」

「抱歉。」

「沒關係。那孩子正過著美好的青春。這一定會成為一段很好的回憶。」

我離開幸波家，直接前往學校。

我獨自走在不見人影的住宅區。

因為離開始上課還有好一段時間，沒有必要趕路。然而我的步調卻開始愈走愈快，立刻轉變為摻雜焦躁的快步行走。

「把別人耍得團團轉。」

我忍不住吐露不滿。

「而且還自己告白了，那就別逃走啊。」

當我發覺時，我已在奔跑。

「什麼假告白。什麼早上起不來！其實不通通都是謊言嗎！」

我之前認為是幸波紗夕的女孩，真實面貌完全不同。
「既然要說謊就說到最後啊！妳明知道已經太遲了。」
我拚命試圖用奔跑來消除無處可去的憤怒。
「明知道會失戀而告白，妳打算再拖延下去嗎！」
事情本來沒有任何人有錯。
當時的我很遲鈍，紗夕是個說謊精。
就連那個謊言，追根究柢也只是在掩飾害羞。
如同無需客套的朋友般的學長學妹關係太過理所當然，我們沒有想過更進一步的變化。
我離開社團後，專注於準備考試，根本無心戀愛。
然後我進入了永聖高級中學，愛上了有坂夜華。
諷刺的是，每次與我錯過，紗夕就漸漸找回原本的行動力。
因為我沒有去為她的告別賽加油，她彷彿要主動來見我一般，考上了永聖高級中學。
但當她追上我時，我已經和夜華交往了。
我抵達學校。傳了LINE給紗夕。
**希墨：妳現在在哪裡？**
**紗夕：我還在床上。好睏。**
我拜訪過幸波家，知道紗夕不在家中。然而她卻說謊，代表她的母親並未聯絡她。

我刻意順著紗夕的謊言說下去。

**希墨：妳早上是有多難起床啊。妳睡太多了。**

**紗夕：這也沒辦法。如果希學長你來接我，我或許能更快爬起來。**

**希墨：那我今天就特別去一趟吧。**

**紗夕：居然想看紗夕剛睡醒時的臉，希學長也真是變態～**

**希墨：誰是變態啊。**

**紗夕：好好好。我接下來要吃早飯了，告退～！**

她像這樣單方面的結束LINE對話。不過——

「妳說早飯怎樣？妳今天早上好像起得很早嘛，紗夕。」

「咦……你為什麼會在這裡？」

看到我突然出現在她的一年級教室裡，紗夕很吃驚。她完全僵住了。

我一邊傳LINE一邊換上室內鞋，匆忙地衝到一年級的教室。

「我們談談吧。這一次，所有內容都只說真話。」

謊言已經不管用了。

因為教室不知何時會有人過來，我們前往屋頂。
空無一人的屋頂視野遼闊，眼下的操場傳來足球社認真晨練的聲音。我深深地將清爽的早晨空氣吸入體內。
五月的天空湛藍舒爽。
「為什麼你人已經在學校了？」
「剛才我去了妳家一趟。於是妳母親告訴了我很多事。」
「討厭～媽媽真是的！」
「是我擅自問的。別責怪她。」
「才經過一天就特地早起來見我，你到底有多喜歡我啊～」
「嗯。我喜歡紗夕喔。」
「嗚耶？」
紗夕發出錯愕的叫聲。
「突、突然說出什麼話啊？你有什麼企圖？」
「經過在公園那件事，我仔細思考了幸波紗夕以前對我來說是什麼樣的女孩。」
「看來那成為了一個良好的刺激。」
「嗯。是我至今遇到的最大刺激。然後，我知道了。」
「嗯。」

「以前我們經常在一塊。那與什麼學長學妹無關，而是我們本來就合得來。」

「我也這樣認為。」

「如果妳在國中時代交了男朋友，當時的我大概會覺得相當寂寞。與妳相處的時間就是那麼愉快，足以讓我這樣想。」

那段單純、天真無邪的日子。

我就這樣誠心誠意地把自己的心聲用語言表達出來。

「你、你終於變坦率啦。」

紗夕似乎正勉強忍著不讓臉頰露出笑容。

「實際上，我在國中時代說過最多話的異性就是妳。」

比起同班的女生，我與她肯定交談過更多次。

「因為會理會希學長的溫柔女生，除了我以外沒有別人了。」

「是啊。」

我老實地承認。

「那、那個，希學長。等一下。因為你太過坦率，或是說跟預想中不同，那個……」

我愈說下去，紗夕的臉蛋就愈來愈紅。

「為什麼到了現在才慌張。要是妳不願意聽，那我要說結論了喔。」

「啊～我覺得沒什麼好急的。要不要等到下次再談？」

當紗夕試圖逃跑時，我抓住了她的手腕。

「真、真霸道。我明明說過會一直等你答覆的。」

紗夕保持平靜的口吻，同時扭動身體想甩開我的手。

「不說謊。也不敷衍搪塞。」

「希學長，放開我！」

「紗夕。」

「不要，我不想聽！」

「就算如此，我最想珍惜的人是夜華。所以，我無法回應妳的心意。」

拚命掙扎著想離開我的動作戛然而止，紗夕突然安靜下來。

因為她把臉轉開，頭髮也亂了，我完全不知道她正露出什麼樣的表情。

「這就是我的回答。」

我說出來了。

我毫無保留地揭露了真心話。

做個了斷，結束我們的國中時代。

無論這會招來怎樣的變化，我已無法將答覆拖延下去。

「我知道你對她很著迷！因為夜學姊很漂亮！現在很幸福吧！可是，不管怎麼看不管怎麼想，希學長與夜學姊都不相配！總有一天一定會分手的！」

「如果從一開始就想著分手的事，就喜歡不了任何人。」

「對方的等級太高了！」

「夜華她喜歡我，感情深到讓我覺得這種魯莽有成真的可能性。」

「要我說多少次都行！普通不是很好嗎？期望過高會受傷的人是自己吧！」

即使謾罵般的言語劈頭而來，我也沒有改變態度。

「妳也是特別的。受到這麼可愛的女生告白，我很高興。」

「事到如今不用再說客套話了！如果覺得我可愛，那就在國中時趕快向我告白啊！」

「…………」

「希學長，你明白嗎？你正在自掘墳墓。」

「對於什麼？」

「因為只有希學長作為班長與夜學姊接觸，你又擅長配合別人，她才會跟你交往。不過，如果夜學姊變得能理所當然地別人交談，就不需要依靠平凡的希學長了喔？居然自己增加被拋棄的可能性……簡直像個傻瓜。」

紗夕想像中習得溝通能力的夜華確實是無敵的吧。

完美版夜華。找不到任何缺點。

「像夜學姊一樣的美人，可以隨心所欲的選擇對象。當有更厲害、更溫柔、更帥氣的人追求她——」

「未來是無法斷言的。紗夕妳也沒想到，我上了高中以後會交到女友吧？」

「太賊了，只顧著自己往前走。」

紗夕用消沉的聲音悄然低語。

「在妳眼中看來，有坂夜華或許是完美的女人。不過，我所知道的夜華不一樣。她讓我放不下心，又靠不住，所以我才想成為她的助力。」

「你就是這樣一如往常地照顧人，喜歡上她的吧？和我那時候有什麼不同？為什麼你只對夜學姊告白了！」

「紗夕。我……」

「……夠了。我明白希學長的心情了。你可以鬆手也沒關係了。」

紗夕緩緩地抬起頭，面對著我。

「這是手帕。還沒用過，是乾淨的。」

我輕輕鬆手。然後將手帕遞給正在哭泣的紗夕。

「希學長準備也很周到呢。」

她小聲地說著，拍掉了手帕。

明明應該很憤怒，她的聲音卻顯得冰冷。

「紗夕。」

「吶，希學長。夜學姊不是曾傳出在外過夜的傳聞嗎？」

「那件事怎麼了？」

「那種傳聞傳遍全校，老實說你有什麼想法？」

「作為情人，我當然感到憤怒。被傳播非出於本意的傳聞，任何人都會覺得不快，這不是當然的嗎？」

「不過，俗話不是說無風不起浪嗎？」

「別把傳聞當真。被看到的是另一個人吧。」

我依照神崎老師安排的認錯人說法回答。

「——那才是瞞天大謊。」

紗夕的聲調十分篤定。

「妳為什麼這麼認為？」

「因為散播那個傳聞的人——就是我。」

紗夕嘴角浮現壞心眼的扭曲笑容。

「別到現在還說無聊的謊話。」

我無意當成一回事。

「我可不會再撒麻煩的謊了。」

她的聲音像挑釁般流露出嘲諷與憤怒。

然後，紗夕如三流戲劇裡的凶手角色般饒舌地開始訴說：

「那個星期六早上，我在家附近碰巧看到你們手牽手走在路上。我心想不會吧，就這麼偷偷跟上去，一直看到你們在車站告別為止。光是看見那個不愛交際的有坂夜華跟男人牽手就令人吃驚，對方居然還是希學長。我以為自己會震驚得死掉耶。」

她刻意用顯得很愚蠢的方式說話。

「看到我們又怎麼了？」

「喜歡得愈深，轉為恨意時愈恨之入骨。那一天我剛好預定要參加茶道社的活動日，當我回過神時，已經把事情告訴許多人了。哎呀～嫉妒真可怕～」

「然後，妳就理直氣壯地來找我攀談嗎？」

發出情侶宣言的放學後，紗夕在我剛被神崎老師訓完話的時機精準現身。

那不是巧合。

令人懷念的重逢，全都是紗夕設計的必然。

「就是這麼回事！依照我的計畫，你會因為在外過夜的傳聞和夜學姊分手。而我與傷心的你戲劇性地重逢，然後向你告白。長年的單戀可喜可賀地開花結果——本該會這樣的。」

她穿插誇張的動作說著，最後彷彿耗盡力氣似地垂下雙臂。

「沒想到你會發出情侶宣言，真令人佩服。居然更在我之上，希學長也挺有一套的嘛。」

她的說話方式，簡直就像是要人責怪自己一樣。

「那種壞心腸的態度，並不適合妳。」

「幻滅了吧？可喜可賀地得知了散布謠言的犯人是誰——你會怎麼做？」

紗夕挑釁地問。

「還有可能是妳又在撒謊吧。」

「希學長真是個濫好人。不過，我以前就是喜歡你這一點。」

「我不會把妳的話當真。」

「但是，這是真的。」

「也沒有證據證明妳是犯人啊！」

我不想相信，不由得拉高嗓門。

「……有證據。茶道社的顧問老師一定知道。」

「神崎老師知道？」

自己的班導名字突然出現，我一瞬間無法理解。

「接下來請自己去確認。連生氣也做不到的膽小鬼希學長。」

紗夕嘲笑般地留下這句話，準備離開屋頂。

「紗夕！妳為什麼要故意揭露出來？」

「——既然是無法實現的戀情，我希望至少被厭惡到無法忘懷的地步。我想像這樣作為傷痕，烙印在對方心頭。我只是這麼想而已。」

紗夕回頭的側臉，沒有我所知道的快活氣息。

注視我的冰冷眼神一片空洞。

以此作為結束。

她這麼決定並實行了。

為了失戀而作的告白。為了傷人而作的告白。為了使我無法忘掉她而作的告白。

我們已經無法回到過去。

她關上屋頂的門。我獨自呆立不動。

「這樣實在太狠了。」

我不禁靠在屋頂的圍欄旁。

做完拒絕告白這種不習慣的艱難行動，最後等著我的是惡劣的對待。

不僅斷絕緣分，甚至還使至今的快樂回憶都變質的揭露。

無論怎麼試圖吸入早晨清新的空氣，都沒有作用。

如果有方法可以掃去胸口的淤塞感，告訴我吧。

無處可去的情緒絞緊心口，我用力握住圍欄的鐵絲網。

我忽然想起昨天晚上夜華傳來的訊息。

我拿出手機，查看訊息內容。

**夜華：因為天候不佳班機延誤，我明天趕不及去學校。**

「不會吧……」

由於打擊太大，我甚至沒辦法回應。黃金週已結束，原本以為終於能和夜華見面，她卻還在飛機上。

屋漏偏逢連夜雨，讓我不禁全身脫力。

「起立！打起精神！敬禮！坐下！」

「……瀨名同學，為什麼你今天早上情緒那麼興奮？」

早上的導師時間。

我前所未有的高聲喊出號令，引得神崎老師懷疑。

「沒有啊！沒什麼特別的情況！」

老師疑惑地看著我，但沒有當場深入追究。

說完事務性聯絡事項與假期結束後的問候，老師比平常更簡短地結束了導師時間。

在屋頂上與紗夕的互動，已經耗盡了我一整天的精力與體力。

我試圖用虛張聲勢強行提振情緒，撐過今天一整天。

「墨墨，你今天怪怪的耶？」

「難不成你在假期裡被有坂甩了？她好像也請假沒來上學。」

第一節課開始前，小宮和七村來到我的座位旁。

「夜華只是返國班機延誤了！我沒被甩！別亂開玩笑！」

「……呵！不愧是男朋友，確實掌握了女友行程呢。」

七村吹了聲口哨。你是好來塢電影裡的美國人嗎？

「這是當然的吧。」

「哎，放完長假卻見不到情人，活該～」

「別稱讚完又損人！」

我一拳揮向七村腹部。果然如鋼鐵般堅硬，我的手還比較痛。

「不過，如果你不在明天前恢復原樣，夜夜會擔心你喔？」

小宮直盯著我的雙眼。

雖然擔心我，但不追問詳細情況。她的體貼令人感激。

「我知道。」

「我聽到這句回答嘍！不好好做到可不行喔。」

「宮內對瀨名真寬容。更追根究柢地問清楚，把他玩弄個夠吧。」

「不行！現在是哪怕開玩笑也不能這麼做的時候。」

「妳有讀心超能力喔。咦？什麼，是這麼嚴重的危機嗎？」

七村也收起開玩笑的氣息，看向了我。

如果向他們兩人求助，他們會熱情的陪我商量，也會幫助我吧。

但是，我和紗夕之間的事情是已經結束之事。

我不想讓他們奉陪我那沒出息的感傷。

「不要緊。謝謝你們。」

預備鈴正好響起，就像作為一個段落般，小宮和七村返回了座位。

直到午休時間到來為止，我回顧著我與幸波紗夕之間苦澀的結局。

試著想想，我真是只顧自己啊。

我明明沒有去為紗夕加油，事到如今卻因為遭到背叛而受打擊，心靈真是任性自私。

紗夕以多年來都隱藏起戀慕之心來面對我。

——誤解身邊之人的心聲這個事實，單純地讓我大受打擊。

「有錯的人果然是我嘛。」

如果去年夏天我有好好地去為紗夕的告別賽加油，就不會使她那樣傷心。

如果我至少有回覆訊息，就不會把紗夕逼到這個地步。

「已讀不回真的不好。」

沒有回應會引起多餘的擔憂。

誤解有時會驅使人忍不住做出意想不到的行動。

就算我當時置身於艱難的狀況中，也和紗夕沒有直接的關係。

我沒有遵守最低限度的禮儀是事實。

事到如今，我後悔莫及。

而且，事情已經結束了。

「所以，我不願再有更多多餘的糾紛了。」

我敲了教師辦公室的門。

「打擾了。很抱歉，在午休時過來打擾。神崎老師，可以借用一點時間嗎？」

我有件事無論如何都必須找神崎老師作確認。

# 幕間三

「吶，朝姬。上次去唱歌時，妳跟幸波學妹聊了什麼話題？」

我覺得心不在焉的墨墨很可疑，在朝姬獨處時問她。

「我不方便透露悄悄話，對不起。不過妳為什麼問這個？」

她婉拒回答，但也表現出興趣。

「因為墨墨的樣子不對勁，我覺得和幸波學妹有關……」

「不是因為有坂同學請假嗎？」

「如果是這種單純的理由，他會坦率地告訴七七和我～」

「他沒講出來的事，我覺得別去打聽比較好喔？」

「我想做好隨時都能幫助他的準備。」

「日向花真關心朋友。」

「朝姬妳不是嗎？」

我以前對於支倉朝姬的印象，是眾人的中心，富有人望的優等生。

「不是所有班長都是像希墨同學一樣的人喔。」

「唉，墨墨很愛照料人嘛。」

「而且還是容易耿耿於懷的類型。」

「他本人自以為隱藏了，卻會微妙地露餡對吧。」

受到朝姫的影響，我痛快地大談瀨名希墨的話題。

「他是個不會說謊的誠實人嘛。」

「真擔心他太過體諒別人，造成壓力。」

「他遲鈍的地方很遲鈍，我想意外地沒問題喔。」

「——對女生的好感也是嗎？」

我這麼回應，仔細觀察朝姫的反應。

「即使妳想套話，我也不會上鉤的。」

她比我技高一籌。

「吶，日向花妳直到不久之前，是不是都有點提防我？」

「之前是這樣。不過那也從很久以前開始，就變得沒有意義了。」

我用過去式說道。

「啊……原來妳曾是我的同伴。真厲害，我一點也沒發現。」

朝姫立刻意會過來。真不愧是她。

「因為我沒告訴過任何人。」

「日向花向他告白過了嗎？」

「告白過了啊，雖然被拒絕了。」

「喔～沒想到日向花喜歡他。我覺得妳和希墨同學感情很好，沒想到到了那個程度。」

「像我這樣的小不點女孩想要男朋友不行嗎？」

「妳很可愛喔。遠比我更坦誠直率。」

我們目光交會，相視而笑。

「同伴又多了一個人喔。」

我從朝姬的說話方式領會到。

「果然是幸波學妹嗎？她看墨墨的眼神從一開始就不是單純對學長會有的眼神。因為拒絕了她的告白，墨墨才陷入沮喪嗎？」

「直到被人告白之前都沒發現的男生，究竟是怎樣啊？」

朝姬少見地抱怨。

「其實我覺得墨墨不是遲鈍，而是對心上人之外的人都純粹地坦然。不分男女，不管對方是任何類型，他都能以平等的態度去對待。」

教室裡有各種類型的學生。

瀨名希墨被任命為班長，也是因為他可以好好地管理這些個性不同的孩子，將大家串連在一起吧。他對任何事物都不偏不倚。

「啊～這個解釋我很能理解！」

朝姬恍然大悟地點點頭。

「……不過站在單相思者的角度來看，那是相當殘酷的態度呢。」她有些寂寞地說。

「喜歡上他是我們自己的事吧？」

「戀愛真難呢。」

「就是說啊。」

我們深深地體會著戀愛這頭怪物的不合理。

「紗夕還好嗎？」

「如果妳要去安慰她，我也一起去吧。」

當我這麼提議，朝姬神情為難地揭露。

「紗夕早上傳LINE來說『我現在比起被甩更加後悔』，即使我想深入追問，她也沒回應，看來並不只是遭到拒絕受到打擊而已。」

「嗯？那麼墨墨在煩惱什麼？」

這麼一來，事情就不同了。

「誰知道。總之，情況或許確實變得遠比我們想像中更加複雜了。」

「墨墨也非常心神不寧呢。」

「……幸好有坂同學今天請假。」

「嗯。如果她得知男朋友在為別的女生煩惱，說不定會天降血雨。」

我們知道夜夜在關鍵時刻的熱烈與行動力，忍不住作出玩笑一般的想像。

# 第九話　波的去處

當我拜訪神崎老師時，她說「換個地方談吧」，我們前往茶道社的茶室。
老師沒有像平常一樣沖泡抹茶，而是開始準備泡煎茶。
她準備了兩人份的茶壺、茶葉筒和茶杯。
明明只是這樣，那依舊端正的姿勢和優美的舉止讓我看得入迷。
我也保持正座，等待水燒開。
「我們有時間喝茶嗎？」
「我會在第五堂課以前談完。在最糟的情況下，下一堂課是二年A班的課，即使遲到一會兒也……」
「自己擔任班導的班級就方便通融呢。」
「別說戲言了，既然有事找我商量，請全部說出來。」
老師催促著我，她的神情沒有改變，手邊流暢的動作也沒有任何凝滯。
「……有學妹向我告白，我拒絕了她。」
老師正要把茶葉放進茶壺的手頓住了。

「——你說什麼？」

我毫無隱瞞地表明了與紗夕之間一連串的事情。

老師一邊泡煎茶一邊默默聆聽。然後說了一句話。

「瀨名同學迎來了空前的桃花期。」

神崎老師很倒胃口。

「不，我要商量的事不是關於我，而是關於那位學妹。」

我嚴肅的態度，讓老師立刻恢復凜然的表情。

「告訴我吧。」

她這麼說著，遞出茶杯。

「她是一年級的幸波紗夕。老師知道她嗎？」

「這麼說來，參加茶道社體驗入社活動的學生中，是有人叫這個名字。」

「妳也知道，是她散播了夜華在外過夜的傳聞嗎？」

「是那位幸波同學自己說的嗎？」

「是的。今天早上，她本人告訴了我。」

那就無可奈何了，老師嘆了口氣。

「這不是為了瀨名同學與有坂同學。」拋出這句前言後，老師開始訴說。

「我個人調查了在外過夜傳聞的出處。我剛好才問完了全體茶道社社員。」

「全體社員嗎……？真是辛苦了。」

老師絲毫沒流露出那種跡象，我感到很驚訝。

永聖高級中學的茶道社在文化類社團中也是規模最大的。我聽說每個年級都有十名以上的社員。在短短兩週左右的時間裡把全體社員問一遍，是一件極其費力的工作。

教師這個職業本來就十分忙碌。

沒想到她除了擔任社團活動的顧問之外，還特地花時間做了這種事。

我對不辭辛勞的神崎老師深感敬意。

「如果傳聞的出處是茶道社，那是嚴重損害社團品格的行為，我作為顧問斷不能容。」

「那麼，老師查出了最早散播傳聞的人吧？」

「我向社員們一一確認過是從誰那裡聽到傳聞的。我追溯這個傳話遊戲，結果發現所有社員都是清白的。」

「妳說社員是清白的，代表那個人不是社員。」

「有坂同學被人在車站前看見的星期六，從早上開始有茶道社的活動。我將社員們聽到傳聞的對象依序追溯回去，找到了前來體驗入社的一年級學生。那就是幸波紗夕同學。」

神崎老師的調查，與紗夕的自白相符。

我逃避現實的願望，被老師腳踏實地的調查澈底粉碎。

「你很受打擊嗎？」老師對陷入沉默的我開口。

「……妳要怎麼做？」

「怎麼做是指什麼意思？」

「那個，妳對幸波紗夕會做什麼處置？」

「我什麼也不會做。」

老師明確地說道。

不知不覺間垂下頭的我猛然抬起頭。

「聽好了，瀨名同學。有坂同學根本沒有在外過夜——把事情引導成這樣的人正是你，還有我。或者說，希墨同學你想要報復犯人？」

「不是的。我並不期望那種事！」

我探出身子，對老師訴說。

「既然已經定論為空穴來風，事到如今我無意把事情鬧大。某人發出的什麼情侶宣言，本來就讓我非常慌張了。」

老師果然對於前幾天的那件事很生氣。

「很抱歉。」

我只能低頭認錯。

「雖說是親近的學妹，但你居然袒護犯人，瀨名同學果然溫柔呢。」

「追根究柢起來，是我不好。」

「……根據我所聽到的，幸波同學與其說是到處宣揚，更像是忍不住脫口而出。周遭的學生們聽到後覺得好玩，將消息傳播開來，就是這次的真相吧。傳聞的擴散未必是幸波同學的本意。我這樣覺得。」

老師的話讓我明白了紗夕在屋頂上做出這種不合性格的暴露的真正意思。

「所以，她才做出那一點也很不像她的舉動嗎？」

紗夕是個好孩子。一點都不適合演戲裝壞人。

故意傷人時，她甚至當場就難掩後悔之色。

那是突然發作的行為，或者是想藉此來懲罰自己？

至少，我實在不認為那是幸波紗夕真正期望的結局。

「這有給你什麼提示嗎？」

「我的想法有那麼寫在臉上嗎？」

我不禁摸摸臉頰。

「察覺學生的變化是教師的工作。」

真是的，看來瞞不過我們的班導啊。

「老師，一度破裂的關係還能修復嗎？」

「若對方不希望修復，會相當困難吧。」

老師的建議始終客觀。

我現在對此很感激。

「我自己也清楚，至少想跟沒辦法回應其好感的對象重修舊好這種想法很自私。不過……」

「修復一度留下禍根的關係難度非比尋常。特別是涉及戀愛時更是如此。」

「說得、有理……」

我和紗夕在今天早上的屋頂上結束了彼此間的情誼，這確然無疑。

「果決割捨也是成年人的禮儀。很遺憾的是，人生太過短暫，無法將時間與感情花費在沒有希望的事情上。」

那近似於對已結束的戀情抱著留戀。

近似於追逐無法實現的夢想。

等同於盲目相信得不到回報的愛。

——人類是想去相信不存在之物的生物。

在這個前提上，神崎老師這麼問道：

「只是，就像幸波同學很了解你，你應該也很了解幸波同學。真正的她究竟是什麼樣的人？她內心深處期望著什麼？」

「咦？」

「時間無法倒流，但感情並非不可逆。友情轉變為愛情，再度變回友情也是很有可能發生的事。」

「那種只對自己有利的事……」

「那麼，瀨名同學為什麼不肯放棄？」

老師意在言外地深入挖掘我執著於幸波紗夕的理由。

「因為我是個無法割捨的小鬼頭。」

「請別鬧彆扭。你比自己所想的更加成熟，能夠對於無計可施的事情斷念。你的執著並非只是出於罪惡感，而是因為看出了關係還有修復的可能性吧……那不就是平常對任何事都不放棄的你嗎？」

儘管如此，老師最後鼓勵了我。

就此割捨變回陌生人很簡單。

即使在學校裡看到她也假裝沒發現，即使擦肩而過也不找她說話。

但是，我不喜歡像那樣客氣疏遠。

如果紗夕後悔散布了傳聞，我還有話應該要對她說。

「我還以為老師會制止我。」

「如果瀨名同學是會老實聽話的學生，我不知會有多麼輕鬆啊。」

「那麼找我當班長是老師的失誤嘍。」

「怎麼可能，是我自己選擇的。你的活躍表現足以讓我費事。以後也請繼續加油。」

「妳又要狠狠使喚我了嗎？」

「倒不如說，重頭戲從現在才開始。秋天的運動會與校慶都請你穩當處理了。」

「我無意增加麻煩啊。」

「你還敢說。」

老師托著臉頰，彷彿在對未來感到憂心。

「我是受到信賴，還是受到擔憂啊？」

「兩者都是，瀨名同學。」

我總算喝了一口老師為我泡的煎茶。

「啊。真好喝。」

「因為我用了好茶葉。」

「對不起，讓妳費心了。」

「看到你那樣表情凝重地來到教師辦公室，為了慎重起見，我自然會想換個地點。」

「能得到異性緣很好的老師給予建議，太好了。」

告訴神崎老師後，我覺得胸口的硬塊消除了。感覺終於能變回平常的自己。

「……為什麼以我的異性緣很好為前提？」

「不是這樣嗎？」

「我沒有進入過那種狀況，所以不清楚。」

「咦咦。老師的追求者一定是絡繹不絕吧？」

我認為神崎老師絕對是在裝傻。

容貌美麗到當老師太過可惜的女性，不可能沒有一、兩段戀愛插曲。

「比方說大學時代呢？像是被找去參加聯誼啦，受到男性邀約啦。」

不管怎麼想，有像神崎紫鶴這樣的女性在，周遭的人不可能會放著不管。

「剛入學的時候班上的女生經常會找我參加，但不知不覺間就不再找我了。『只要紫鶴在場，聯誼會就變成女生聚會。』她們一臉想哭地這麼說……因為她們的態度太過迫切，我總覺得得歉疚。」

啊～如果老師在場，男性全都會被她吸引走，所以才不找她。

「妳是以什麼樣的洗鍊應答來抓住男人心的？」

「沒抓住啊。我只是回答了被問到的問題而已。」

神崎老師抵著下巴，一副莫名所以的模樣。

「那打工或社團方面呢？」

「父母禁止我打工。我以前參加日本舞社團，但同性朋友總是圍繞在我身邊，說『妳不可以被奇怪的男人騙了』。」

「被視為天然紀念物受到保護嗎？我也有點理解那些朋友的心情就是了。」

我對於老師的朋友們深有同感。

「為什麼？」

「她們是擔心重要的朋友被壞男人的花言巧語所騙啊。」

神崎老師捉摸不定的特質，依觀點而定，也可以解讀為不諳世事。未必不會有壞男人對此趁虛而入。

「我的朋友都是些保護過度的人。」

「大學畢業以後呢？」

「我剛畢業就在永聖高級中學任教職，每天都很忙碌。」

「咦，那成為社會人後的新邂逅之類的呢……？」

「沒有。這怎麼了嗎？」

嗯？真奇怪。我總覺得不對勁，這位美麗的美女老師，雖然曾受到很多人追求，卻連一次也還沒提到具體的交往經歷。

「老師現在有對象嗎？」

「沒有。」

「至今為止呢？」

「……沒有。」

神崎老師像要掩飾般地撇開頭。

「老師。」

「什麼事？」

「只要我發問，妳還滿願意回答的耶。」

「——！瀨名同學？」

我意想不到地知道了班導的戀愛經驗很少。

這個事實讓我不禁心跳加速。

老師的朋友會保護她也是當然的。她明明看起來很可靠，卻有太多可趁之機了。

像這種最上等的女性不設防地應答，光是這樣就會令男性們誤以為自己也有機會吧。

我窺見了無法從拘謹的教師模式想像到的，神崎老師不知世事的真實面貌。

雖然仍舊沒表現在臉上，我察覺老師正感到難為情。

「我覺得竭盡全力投入工作很好喔，老師。」

我在觸怒她之前幫腔。感覺老師平常會以冷冷的語氣斥責我，現在卻不知為何陷入沉默。

沉默籠罩茶室。

咦，這種感覺是什麼……總覺得連我都開始難為情了。意外的落差使我感到困惑，連一句玩笑話都想不出來。現場的氣氛變得讓人害羞，本來沒有特別意識到的，在茶室裡兩人獨處的狀況，現在帶來奇妙的緊張感。

我為什麼會那麼慌張？

「——請別取笑老師。你就是像這樣對有坂同學調情的嗎？」

先開口的人是神崎老師。

「不是的！我只是作為一名受教的學生，用言語表達出尊敬而已。」

「跟瀨名同學交談就變得容易嘴快，很傷腦筋。」

神崎老師用和平常一樣的態度繼續對話。

「那只是老師太弱了吧？」

「瀨名同學。」

她像是厭煩了我的玩笑，予以斥責。

「可是，老師。妳面對學生都表現成這樣了，請妳真的要小心壞男人。」

「唉。我竟然被學生擔心，真是沒出息到極點。」

「我是認真地在說。因為老師若是傷心，我也會傷心的。」

正因為信任神崎老師，我才會在意。

我希望為學生著想的班導師也過得幸福。

「……你就是這種地方不好喔。」

「我不也毫無隱瞞地解釋了情況嗎？就當作是彼此彼此。」

「在學生與老師之間說什麼彼此彼此啊。」老師當成耳邊風。

「總之，我掌握情況了。只是，以後你最好避免和女生密會。如果再引發問題，那可受不了。」

「和老師在這裡相處也算在內嗎？」

「別把我也捲入你的桃花期裡！」

「告退了！」

我沐浴在神崎老師帶著殺氣的視線中，一口氣喝完煎茶，離開茶室。

時間距離第五節課開始正好還有五分鐘整。

商談在來得及上課的時限內結束了。

◇◇◇

一年級生上完第五節課後，今天就結束了。

幸波紗夕沉鬱的心情沒有好轉，回過神時已來到放學時間。

悲傷、憤怒及後悔等種種感情激烈地盤旋著。

心就像斷線的風箏，沒有目的地地飄在空中，到現在還不確定該如何降落。

不，等待著的不是降落而是墜落吧。

一旦落下就會四分五裂，再也無法恢復原狀。

——切斷聯繫的人是自己。

拒絕告白時，瀨名希墨的表情看來非常難受。

在揭露傳布謠言一事時，他十分受傷。

——反正是無法實現的戀情。比起悲慘的拖下去，不如澈底破壞掉。

她本來這麼打算的。

然而，那個濫好人學長卻還說那是謊話，堅決不肯相信。

是自己背叛了試圖相信自己的他。

如果沒在那個星期六早晨看到他們兩人手牽手走在路上，說不定就能坦率地失戀。

與他住得近從未如此適得其反過。

然而，她無法忘記烙印在眼中的景象。

回過神時已經太遲了。

她無法接受那個事實，注意到的時候，想法已化為言語說出口。

她忘不了周遭眾人聽到的那一瞬間露出的表情。

大家臉上閃爍著天真與八卦的好奇心。傳聞轉眼間便散播開來。

自己粗心大意的一句話在週末過後傳遍全校，她害怕起來。

如果被發現自己是傳聞的來源，就會招來他的厭惡。她這麼想著，放棄加入本來感興趣的茶道社。

一方面出於罪惡感責怪自己，心中一角又希望他們兩人分手。

她本來這麼期待。
結果，他們公開了交往關係。
紗夕意識到，自己再也贏不了了。
像那樣的戀情，一定就是命中註定的戀情吧。
無論遇到任何障礙都會克服，在每次經歷中加強羈絆。
與自己的戀情正好相反。
幸波紗夕鼓不起勇氣，一再錯過時機，卻還無法完全死心，最後則沒有趕上。
用希望由男生告白來歸咎於對方。
到底是誰決定，女生必須保持等待的姿態呢。
既然喜歡就表達出喜歡。
做不到這麼簡單的事情，過去的自己真是可恨。
就算後悔如果更早付諸行動有多好，也太遲了。
到最後還傷害了心上人，反過頭怨恨也該有個限度。
連她自己都不知道該如何是好。
她逃也似地衝出教室，想盡快離開學校。
她走下樓梯，換好鞋子。走到外面，靠近校門。
「啊，找到了。」

這時，穿著制服的有坂夜華從另一頭走了過來。

「時機有趕上，太好了。」

「……夜學姊為什麼會從外面過來？」

紗夕並不知道今天夜華缺席。

面對突然出現在自己眼前的情敵，混亂終於達到了極點。

「因為回程班機延誤，我本來打算請假……卻有了必須來一趟的理由。」

「但現在已經是第六節課了。」

「我從一開始就沒打算去上課。」

一頭長髮颯爽地飄揚，夜華與紗夕並肩而立。

「要不要談談？」

「可是……」

心虛在心中盤旋，她很想馬上逃走。

不過，她也同等地想跟對方談談看。

就像顧及紗夕迷惘的心情，夜華牽起她的手。

「走吧。」

兩人走向位於校舍之間的中庭。

「有什麼想喝的飲料嗎？」

「那麼，我想喝熱奶茶。」

夜華在旁邊的自動販賣機買了自己與紗夕的飲料。

兩人一起坐在可以眺望中庭的長椅上。

「來。」

「不好意思，讓妳、破費了。」紗夕戰戰兢兢地自夜華手中接過寶特瓶。

雖然在夜華帶領下一起過來了，紗夕坐在長椅上回過神。

這個狀況到底是怎麼回事？

她在回家路上突然被有坂夜華抓住，兩人單獨談話。

冷靜地想想，這是相當異常的情況。

以不愛交際著名的有坂夜華在校內跟某個人在一起，而且那個對象還是自己。

光是待在全校第一知名人物夜華身邊，經過中庭的學生們就看過來，想知道是什麼事。

「夜學姊，妳愛喝番茄汁嗎？」

夜華喝的是罐裝番茄汁。

為了填補沉默，紗夕總之將看到的東西當成話題。

「我想補充攝取不足的蔬菜量。」

夜華靜靜地仰頭喝飲料。

帶著長途飛行的疲備，她散發的氣息比平常更加倦怠。

「妳很注意美容呢。」

「因為旅行時吃太多了。」夜華摸摸沒有特別粗的腰圍。

「咦～可是夜學姊不是很瘦嗎？」

當紗夕說出不會引起反感的回應——

「……跟我交談，果然會緊張嗎？」

夜華把罐子放在一邊，神情認真地問。

「因為之前去唱歌時，我們也只講過幾句話呀。」

「我無意要壓迫妳就是了。」

「叫我在夜學姊面前別緊張，才是強人所難。」

「妳明明不必那麼警惕的。」

雖然夜華以她的方式給予關心，但現在的紗夕不可能做得到。

夜華知道今天早上她與希墨之間一連串的互動嗎？是不是要為了那件事來對自己抱怨什麼？她背上冒著冷汗，腦袋亂成一團。

紗夕為自己所說的每一句話耗損精神，試圖試探夜華的真意。

「喝奶茶吧？會冷掉的。」

「好的！我這就喝！」
受到催促，紗夕終於把寶特瓶湊到嘴邊。
奶茶溫和的甜蜜滋味擴散開來，她感到緊張稍微鬆弛下來。
「別這樣渾身僵硬，妳比之前去ＫＴＶ時還要緊繃耶？」
平常很少跟同學交談的夜華，和希墨之外的人說話時大都是這種樣子。
儘管如此，實在太僵硬不自然的紗夕令她感到困惑。
明明是還算見過面的對象，發現自己會給別人造成如此大的壓力，她有些受打擊。
她們彼此太過體諒對方，導致對話中斷。
五月的下午，兩名少女沉默地坐在中庭的長椅上。
中央的花圃盛開著粉蝶花與鬱金香等春季花卉，賞心悅目。
「——那個，夜學姊！請問妳找我有什麼事呢！」
紗夕忍受不了沉默，直截了當地問。
無論是謾罵或斥責，她都有所覺悟。在這裡的女性有那個權利。
而且，自己對有坂夜華的男人做出了遭到責怪也無可奈何的行為。
紗夕咬緊嘴唇，靜靜等待夜華的回答。
「不，因為碰巧遇到紗夕，我心想和妳聊天或許可以拉近關係。」
「這也太純真了吧？」

太過出乎意料之外的回答，讓紗夕忍不住拉高嗓門。

這個獨一無二的美少女連心靈都很美麗嗎？紗夕被擊沉了。她癱倒在長椅的靠背上，手不小心碰到夜華的番茄汁，番茄汁灑了出來。

「啊啊啊啊？對、對不起！有沒有濺到制服？有沒有弄髒？」

「沒有噴到，不要緊。」

「我馬上去買一罐新的回來！」

紅色的水窪在地面漫開。

臉色大變的紗夕慌忙站起身。

「——吶，紗夕。妳對希墨告白了嗎？」

突然被直指核心，紗夕就像被釘在原地般僵住不動。

然後她認命地卸下身體的力道，再度坐回長椅上。

「妳知道這件事？」

「只是瞎猜而已。」

「完全正確。」

紗夕自暴自棄地承認。

「好耶。」

「這是高興的時候嗎？」

夜華太過平淡的態度，讓紗夕放下了戒心又嚇得愣住。

「嗯～當別人將自己的心聲說出來，感覺不是會變輕鬆嗎？就會覺得，啊，我對這個人無法隱瞞。這是日向花教我的，如果妳感到不快，那我什麼也不會問就是了。」

當夜華衝動地對希墨提出分手時，是宮內日向花拯救了鑽牛角尖的夜華。她是即使喜歡上同一個人，依然激勵了她的恩人。

夜華也希望能像那樣成為他人的助力。

「……那麼我可以向妳懺悔嗎？」

「說得真誇張。」

「請聽我說。」

紗夕下定決心告訴她。

「是我散布了夜學姊妳在外過夜的傳聞。」

「嗯，那件事我知情。」

「……咦？」

這次她真的無法理解了。

有坂夜華的確說了「我知情」。

「因為討厭被別人盯著看，我對他人的視線很敏感。」

「妳、妳什麼時候發現的？」

「那個星期六的早上，希墨在車站為我送別的時候。」

「那不是從一開始就發現了嗎？」

「我感覺到，啊～有人猛盯著我看。不過，當時因為跟希墨在一起心情飄飄然，我難得地並不介意。」

「愛的力量真偉大呢。」

紗夕忍不住呻吟。

「第二次是走出學生指導室的時候。我感覺到走廊上投射來有印象的視線。雖然當時我沒回想起來，是在何時感受過那股視線。」

「的確，我當時在偷偷等待希學長。」

紗夕沒想到自己在那個時候就被發現了。

「去KTV見到妳後，我才知道那道視線的主人是妳。」

「我那麼明顯嗎？」

「因為妳對我流露出的怨恨，就像對希墨流露出的喜歡一樣多。」

夜華回想起來，不禁笑了。

「夜學姊妳太敏感了。」

想到有坂夜華的心思之細膩，她生活起來大概是非比尋常的艱難。

「妳注視希墨的眼神和我一樣。所以我馬上就發現，這女孩喜歡他。」

「妳看穿了我喜歡希學長與散布謠言的事，還對我待在附近保持沉默……」

「因為，希墨也中意妳。」

那句話更加刺痛了紗夕虛弱的心。

與為過去所困的紗夕不同，夜華只看著現在和未來。

「夜學姊有權利責怪我，為什麼妳什麼都不說？」

「我對搜尋犯人不感興趣，而且這會使希墨痛苦。」

夜華不為所動。

她本來就對周遭不感興趣，將在她心中已經結束的事情舊事重提，只是增添麻煩。

只要不造成瀨名希墨的困擾就行了。

「妳不生氣嗎？不怨恨嗎？我不是給妳造成很大的麻煩嗎？依照情況而定，你們說不定會分手耶？」

「但是，希墨解決了問題。」

「————」

她實在太特別了。

這名由於罕見的美貌受到眾人關注的少女，僅靠對於所愛之人的信任就取得了內心的均衡。

她是認真的。

這不是隨處可見，將會作為青春的一頁告終的膚淺戀愛。

並非作夢或妄想，而是視為現實的愛情展望未來。

「而且，現在我覺得情侶宣言也不壞。」

夜華害羞地承認。

「對女孩子來說，得到心上人特殊對待的感覺很好。」

紗夕感覺到身體的緊繃正逐漸放鬆，附和的話語也變得輕快起來。

「果然是這樣吧！我一開始慌張地想著他在做什麼啊，不過他大概是透過向大家表明來保護我吧。」

「如果是無聊的獨占慾當然免談，但以希學長的性格來說，我想這麼做需要很大的勇氣。」

「嗯。所以，我現在很高興。」

「夜學姊是認真地喜歡著希學長吧。」

「喜歡。」

看到那個有坂夜華露出戀愛中少女的表情，紗夕已經無意再爭奪下去。

這個美麗的人，無可質疑地愛著自己喜歡的男性。

她完全輸了。

紗夕終於能夠承認。

終於能夠結束這段漫長的單戀了。

從無法實現的愛情夢中醒來，紗夕的雙眼溢出大顆的淚珠。

「嗚、嗚、嗚哇啊啊啊啊啊啊啊啊——！」

她彷彿用全身吶喊般嚎啕大哭，眼淚止不住地不斷流下。

不管發出多少叫聲，流下多少淚水，內心的痛楚都不肯消失。

她喜歡過他。

一直都喜歡他。

光是想著他就心情雀躍。為瑣碎的互動感到歡喜。覺得他每天早上守規矩地過來接自己很特別。早上兩人單獨走去學校時，想繞遠路多走一會兒。他在練習中不經意的鼓勵曾帶來救贖。比賽時即使疲累，也會因為他的加油聲打起精神。在放學路上順道逛街很快樂。很高興他認真地聽自己抱怨。裝作請他教功課，想與他相處一會兒。還有更多、更多、更多——

「我也想成為希學長特別的人。可是他的溫柔並不是只給我的特別對待……那與他對夜學姊展現的溫柔不一樣，完全不一樣。」

「嗯。」

「夜學姊明明是美人，人卻不錯。」

紗夕一邊吸著鼻子，一邊連這種話都說了。

「因為我和妳喜歡同一個人啊。」

「我可是趁著妳出國旅行的空檔告白的學妹耶，一般來說會討厭吧。」

「因為我已經習慣希墨在我不在的地方被人告白了。」

夜華這麼抱怨，彷彿在說希墨受歡迎是無可奈何的。

「咦？被誰告白？」

「支倉同學和日向花。」

「連宮內學姊都？咦，不會吧！為什麼希學長能若無其事地舉辦那種唱歌聚會啊！是和夜學姊交往腦袋短路了嗎？還成立了瀨名會！」

這是什麼意思啊，夜華露出不高興的表情。

「明明被拒絕過，居然一起相處……」

聽到衝擊性的事實，她不禁止住淚水。

紗夕瞪大了通紅的雙眼，現在才知道參加那場唱歌聚會的成員有多麼特殊。

「所以呢，事到如今再多一個喜歡希墨的學妹我也不在意。」

「哇，是正宮的從容。」

「我才不從容呢。」

「但是看起來不像啊。」這並非諷刺，而是紗夕率直的感想。

「大概是因為，我覺得如果是希墨，哪怕遭到背叛也無妨吧。」

夜華注視著遠處，說出這樣的話。

「……那是知道自己絕不會遭到背叛才說得出的台詞吧。」

看她這樣輕易地說出終極秀恩愛的話來，紗夕突然覺得之前企圖橫刀奪愛的自己很滑稽，只得笑了。

# 第十話　青春既接近又疼痛

我是在放學的導師時間剛結束時，注意到那則訊息的。

**夜華：我現在和幸波同學在中庭。**
**導師時間結束後，希墨你也過來。**

「……啊？」

我未能立刻看懂訊息的意思，整個人當機。

夜華現在人在學校？而且還跟紗夕在一起？咦，話說她回國了？

「為什麼？」

我拿著書包衝向走廊，貼在面向中庭的窗戶上。

我看見兩人坐在自動販賣機附近的長椅上。

「這是怎麼回事？」

總之我先趕往中庭。

我奔下樓梯。到達一樓後，穿著室內鞋直接從連結校舍的走廊來到中庭。

我全力衝刺到兩人所在的長椅處。

「真慢。」

一看到我的臉龐，夜華面露不悅之色。

「班機延誤了吧？我還以為妳今天不來學校了。」

「我本來打算這麼做的。」

「那妳為什麼會來？妳因為長途飛行很累了吧。看起來也沒睡飽。」

夜華生著悶氣瞪向我。

只要一看夜華的臉龐，就會發現她比平常來得沒精打采。

「像這種地方明明馬上就會發現。」夜華小聲地抱怨。

「夜華？」

「都是因為你對昨天的LINE已讀不回吧！我擔心得跑過來了！」

「……——啊。」

已讀不回果然不好。

因為屋頂上的那件事耗盡力氣的我，只有點開訊息，完全忘了回覆。

我和紗夕的關係會變得如此複雜化，追溯起來也是因為我忘記回應的緣故。

才剛決定以後要注意，又犯下同樣的失誤，我真是太粗心大意了。

「抱歉，夜華。我……」

「我知道你受到了打擊。所以，應該先和她談吧？」

夜華以眼神向我指出一直沉默不語的紗夕。

對了。

有坂夜華就是這樣的女生。

在我沒有回應她提出分手的LINE訊息時，最後也是由她來找我談話。

這次也一樣。當我遇到危機，她一定會陪在我身邊。

我沒有回覆，讓她察覺發生了什麼狀況。

就算才剛回國，既然感到不安，她就趕來現場。

「謝謝——咦？」

我忽然發現腳邊的紅色水窪，表情不由得僵住。

「只、只是番茄汁灑出來而已。我什麼都沒做！也沒有吵架！」

「我沒有懷疑妳。」

「哎，總之今天過來這一趟似乎是正確答案。」

夜華看來理解了狀況，沒有再多說什麼。

她只是相信我，彷彿要我把事情順利收場般，在一旁關注。

我站到一動也不動的紗夕正前方。

「紗夕。」

「希學長。」

身軀依然僵硬的紗夕瞥了我一眼，立刻垂下頭。

「請別直盯著我的臉看。剛才哭過頭，妝都花了。」

「妳會這麼痛苦，果然是我的責任。如果我有去看去年的告別賽，事情就不會拖延那麼久。所以，讓我再向妳道歉一次吧。對不起。」

我低下頭。

「別、別這樣。我本來就給你們添了麻煩，如果再對我道歉，我也不知該如何是好了。」

「在此之上，我有事想拜託妳！」

「拜託我……？」

紗夕膽怯地等著我開口。

「我想跟妳和好，想再一次和妳回到能夠不需顧慮暢快聊天的關係。」

「──────」

「我才不想忘記妳。我不想討厭妳，以後也想跟妳繼續當學長學妹。」

「你願意原諒這樣的我嗎？」

「那個傳聞讓我下定了決心。拜此所賜，我與夜華的羈絆變得更堅定了。」

該說是歪打正著嗎？在我背上推了一把的人出乎意料地是紗夕，這也是種不可思議的緣分吧。

「就、就算這樣，你也解讀得太積極正面了。這算什麼，好噁心。」

紗夕戰慄地退到長椅的邊緣。

「這是我單方面的希望。我無意強迫妳。如果妳不願意，這次我會真的放棄。」

「噗！請別像這樣考驗我！」

紗夕靠在長椅的扶手上試圖與我拉開距離，但沒有從現場逃走。

「隨妳高興去做就行了。我明白自己說的話很亂來。」

「所～以～說～希學長的情況無關緊要！現在，那個，是我這邊有問題……」

紗夕露出複雜的表情中斷話語。她似乎對於自己該怎麼做百思不得其解。

「——如果妳無法原諒自己，那麼由我來懲罰妳。」

「夜華……」

「我的情人遭到了誘惑，做到這點程度還可以吧。」

希墨別插嘴，夜華的眼神訴說著。

「可以。請說吧，夜學姊。」

「嗯。這個懲罰非常嚴厲喔，我想會很痛苦。逃走不聽或許更輕鬆。不過如果聽了以後，紗夕妳就要照做。」

「好的。」

「——跟希墨和好。這就是懲罰。」

夜華爽快地提出了和我一樣的要求。

「你、你們都對我太寬容了啦！」

「是嗎？希墨你認為呢？除此之外，我不打算原諒妳喔。」

「不，這反倒是提了相當嚴厲的要求啊。」

我也誇張地配合。

「……真是的，希學長和夜學姊其實很像呢。」

紗夕來回看著我和夜華，顫抖著嘴唇拚命逞強。

「我會繼續不客氣地接受學長的好意喔。」

「隨妳高興。我很習慣疼愛不可愛的學妹了。」

「噗！」

紗夕顯得有點不情願，但最後終於笑了。

「我想當妳的學長。即使撒了謊，妳依然是我可愛的學妹。」

「……真奸詐。就算做了那麼多，還是沒無法破壞我和希學長之間的羈絆呢。而且還跟夜學姊也締結了羈絆，這下子我不就沒辦法逃走了嗎？」

紗夕接受了我和夜華霸道到極點的希望。

於是，她就像沒有更多話要說一般猛然站起身。

「希學長，我最後可以問一個問題嗎？」

「什麼？」

「如果去年夏天我告白了，你會答應嗎？」

她通紅的眼睛直盯著我。

「當時我喜歡上夜華了。所以，我的答案與現在沒有不同。」

我清楚地回答。

「噗！你們真的太兩情相悅了！」

紗夕已不再哭泣。

「好、好了，我們走吧！再見，紗夕。」

夜華好像因為我的一句話害羞起來，想要匆匆離開。

「咦？夜華，也太急了吧。紗夕，再見啦！」

「好的，再見。希學長。」

紗夕有一點寂寞地目送我們離去。

接著夜華像要掩飾害羞般拉著我的手臂，帶我前往校舍。

「要去哪裡啊？」

「美術準備室。關於已讀不回的事，你可要好好地解釋一番。」

「咦，妳不是原諒我了嗎？」

「不行。我必須採取措施防止再次發生。」

「拜託別太狠喔。」

「讓情人感到不安是你的興趣嗎？」

擦肩而過的學生們，全都驚訝地看著我們。

像這樣緊貼在一起，即使是普通情侶也會引人注目。

「沒關係嗎？別人都在看喔？」

「這樣我比較安心，沒關係。因為很久沒見面了。」

夜華像是要藏起泛紅的臉龐般，緊抱住我的手臂依偎過來。

「……歡迎回來，夜華。我很想妳。」

「我回來了。我也一樣。希墨。」

◇◇◇

兩人的背影消失後，交錯出現的支倉朝姬和宮內日向花趕了過來。

「咦，這灘鮮紅的水窪是……？」

「真的下起了血雨？要去保健室嗎？妳能自己走嗎？」

朝姬和日向花格外慌亂，讓紗夕覺得很好笑。

「這是番茄汁，不要緊……難道說妳們看到了？」

「剛才感覺中庭那邊聚集了很多人，一看之後發現你們三個人都在。」

「而且墨墨在那之前又急忙地衝出了教室。」

朝姬和日向花尷尬地對看一眼。

「讓妳們擔心了。我順利被甩，可喜可賀地成為妳們的夥伴了！」

紗夕快活地報告失戀消息。

「妳為什麼看起來很高興？」

「這是會活力十足地說出來的事情嗎～？」

紗夕出乎意料心情痛快的模樣，讓兩人不知該作何反應。

「我向希學長與夜學姊懺悔，得到他們的原諒。在此之上，我發現自己真正希望的是他不要忘記我。」

她對瀨名希墨的戀慕太過接近了。

可是兩人學年不同、他離開社團、參加大考與畢業，種種時機拉開了兩人的距離。

沒有什麼特殊情況，都是隨處可見的契機。

那些愉快的日子遠去，變成一個人的寂寞和隱藏的愛意交織在一起，變得比那時候更加強烈的尋求著。

決定鼓起勇氣告白的那一天，他沒有出現。

以前明明如此親近的。紗夕心中萌生自己的存在可能已被遺忘的恐懼。

她拚命追逐他，終於追上的時候，他身邊已有了自己以外的女性。

經過奮不顧身的告白後，他與她希望幸波紗夕留在附近。

「妳能整理好心情就好。」

朝姬放心了。

「感覺妳有所成長了呢。」

日向花輕拍紗夕的背慰勞她。

「謝謝。」

沉默忽然來訪。

「那麼，我們這個失戀同盟三人組去散散心如何？」

日向花用開朗的語氣提議。

「那個名稱不會太負面嗎？日向花。而且是在瀨名會裡的失戀同盟啊。」

朝姬苦笑著溫和地反對。

「我無所謂。不過──朝學姊還不算吧？」

「咦，只把我排除在外嗎？為什麼？」

面對朝姬開玩笑般的反應，紗夕神情認真地回答。

「因為下一個不是輪到朝學姊了嗎？」

「我嗎？」

「妳還喜歡希學長吧？」

聽到紗夕發問，朝姬未能立刻否認。

「等、等一下！這樣不行～我可不能坐視有人妨礙墨墨和夜夜！」

日向花立刻介入。

「幸波學妹，別亂煽動朝姬，害她為難啦。」

「沒辦法，宮內學姊。朝學姊內心深處還沒放棄吧。因為我以前是這樣，所以我很清楚。」

「剛剛失戀的學妹發狂了！」

「我已經冷靜了。因為冷靜，才這麼想。」

日向花打哈哈想改變對話走向，但心中一角也同意紗夕的意見。

面對紗夕直率的眼神，先前沉默的朝姬終於開口。

「……嗯，或許是這樣。抱歉，日向花。我就不參加失戀同盟了。」

聽到紗夕的話，朝姬決定再度面對自己沒有整理好的感情。

文倉朝姬的戀情尚未結束。

兩人一起待在美術準備室裡，讓我感到非常懷念。

明明只隔了黃金週短短一個多星期沒來，我卻抱著格外新鮮的心情望向熟悉的室內。

「啊～口渴了。偶爾也由希墨來泡茶吧。今天我想喝綠茶。」

夜華在固定位置的那把椅子上坐下。

她平常都喝咖啡或紅茶，但或許是一直待在國外的關係，她想念綠茶了吧。

「了解。」

等待電熱水瓶燒開水時，我從儲備的點心裡拿出醬油口味的仙貝。

「妳幾點抵達日本的？」

「大約今天中午。在那邊出發時，風勢非常大，飛機好像雲霄飛車般一再忽高忽低，真的很可怕。我一直緊抓著座椅。」

「那還真糟糕。」

「在飛機上也睡不太著，我全身都變得硬梆梆的。」

「喝完一杯茶後，我幫妳揉肩膀吧？」

「好啊。拜託了。」

我泡好茶，把茶杯和仙貝放在夜華面前。

這麼一來就是充分的點心時間了。

「咦，希墨喝咖啡呢。不跟我一起喝啊。」

我像平常一樣喝黑咖啡。

「因為我中午喝過美味的綠茶了。」

「……你在哪裡喝的？」

「咦？我有事找神崎老師商量，在茶室品嚐了——」

我回答到一半，喉嚨僵住。

神崎老師對夜華來說是天敵。

不出所料，夜華鬧起彆扭。一方面或許是沒睡飽的關係，她的眼神比平常更凶惡三分。

「希墨，你又去那個老師那裡了！為什麼！」

「我有事情必須直接向老師確認。」

「這代表你們兩人獨處吧！對吧？」

夜華逼問我。妳的嫉妒雷達太靈敏了喔。

「妳為什麼那麼敏銳啊。」

「我太大意了！要是能早點來就好了。」

「那個時間妳還在機場吧。」

「唔～～如果把飛機包下來就好了。」

「有坂家那麼有錢嗎？」

「壞天氣真可恨！」

她是開玩笑還是認真的，我實在難以判斷。

「妳為什麼那麼過度敵視神崎老師啊。」

「總之，那個老師不行！不行就是不行！」

「明明妳甚至連紗夕都原諒了，我真的搞不懂……」

我對夜華燃起對抗意識的理由一頭霧水，不禁問道。

夜華對他人不感興趣。讓她抱著敵意執著至此，應該有很重大的理由。

唱歌的時候，她也是一知道朝姬同學要來就決定參加。

真是個喜歡與討厭分成兩個極端的女孩，我心想。

去年我和夜華也在神崎老師的班級度過了一年。

在談論夜華與神崎老師之間是否出過什麼問題之前，我不記得看過這兩個人交談過。

這樣的話，兩人是從入學以前就結下因緣了嗎？

「夜華，妳和老師以前發生過什麼事嗎？」

「不是我。」

「那麼是妳姊姊嗎？」

我立刻察覺答案。

夜華以沉默表示肯定。

「這是個好機會，可以告訴我嗎？因為我擔任班長，無論如何都必須跟老師交談。」

「……姊姊進入永聖後就變了。因為那個老師的關係。」

「妳是姊控喔。」

我還以為有多嚴肅的事情，原來就是喜歡姊姊嗎？

「才不是！」

「不過，妳並不討厭改變後的姊姊吧。」

在那個傳聞傳開時，她姊姊也與神崎老師合作，幫助了妹妹夜華。

「那是沒錯……」

「哈哈，我看是姊姊變得不再是自己認識的樣子，讓妳受到打擊了吧？然後因此將神崎老師當成眼中釘？」

「為什麼會變成那樣解釋啊。」

夜華堅持不肯承認。

看樣子症狀很嚴重啊。

導師是使敬愛的姊姊急劇變化的不共戴天之敵。而自己得作為她的學生度過高中生活，當然會不高興吧。

「我認為她是個好老師喔。不必那麼提防吧。」

今天也是，如果沒有神崎老師的建議，我想我沒辦法坦率地對紗夕提議和好。

「連你都站在她那一邊？」

夜華氣呼呼的。

「我跟老師既不是敵方也不是我方啦。」

「總之，你也不許受到那個老師的壞影響喔。」

夜華這麼說道，結束了這個話題。

只是三年，卻是重要的三年。

這段時光足夠讓十幾歲的孩子成長。

她姊姊改變的契機剛好是神崎老師，只是這樣而已吧。

如果發生過夜華所猜疑的事情，她不可能畢業後還繼續與神崎老師交流。她姊姊並未受到強制，而是以自身的意志成為了新的自己。

我這麼認為。

看準情人心情好轉的時機，我把凳子擺在椅子前面。

夜華坐在凳子上，我從後面為她按摩肩膀。

我輕輕將手放在那纖細的雙肩上，的確很僵硬。

「唔——！」

當我開始揉捏，夜華發出苦悶的聲音。

「還好嗎？」

「又痛又舒服，但會癢癢的。」

「僵硬得很厲害啊。」

「不過，你按摩技巧真好。」

夜華扭動著身體，設法忍受住難以形容的刺激。

「接下來按背喔。」我的手指從肩膀移到背部。

「啊、嗚——！」

「這裡也滿嚴重的。」

從頸脖到背部然後是腰部，我一路將肌肉揉鬆。

「然後，再來是……」

「這樣就夠了！我已經放鬆了！」

「好了，別亂動。」

我把正要回頭的夜華轉回面向前方。

「已經夠了啦。希墨，謝謝——」

我從背後緊抱住夜華。

「唔耶?咦、咦咦？」

我直接將鼻尖靠近她的頸子。

「希、希墨？」

「——要道謝的人是我。」

我把夜華擁入懷中，抱住她不放手。

本來微微試圖抗拒的夜華立刻放鬆身體力道，依偎著我。

「由希墨來擁抱我，還真少見。這是對於什麼的獎勵？」

「一心一意等待出國的情人。」

「才一星期左右而已吧。」

「對我來說，這段時間和春假差不多一樣難熬。」

「我在出發前有補充過擁抱喔。」

「那樣才不夠。」

「希墨真愛撒嬌。」

「渴求心上人有什麼不對。我可是夜華缺乏症的末期患者。」

「那樣不是沒有我就會死掉嗎？」

「會死掉。」

「好好好，我也很想你。」

夜華伸出手撫摸我的頭髮，彷彿在哄鬧脾氣的小孩。

我們就這樣沉浸在對方的體溫中緊緊相擁，不久之後，我聽見平靜的睡夢中鼻息聲。

「她剛才應該忍著睡意吧。」

大概也有長途旅行的疲憊與時差的影響。

夜華安心地向我展現睡臉。

這比什麼都更令我高興。

我繼續抱著睡著的夜華，靜靜地目睹射入美術準備室的橘色陽光逐漸消失。

不知道在天色轉暗後經過了多久，含蓄的敲門聲響起。

等待一會兒後，門打開了。

訪客是神崎老師。

我吃了一驚，身體差點大幅挪動。我不禁擔心，會不會不小心吵醒夜華。

「沒關係，不然會吵醒她。」

老師發現夜華睡著了，以手勢示意我別動。

「真虧老師知道我們在這裡。」

我壓低聲音說話。

「她的姊姊聯絡了我，除了報告回國的消息，也告訴我有坂同學來了學校。我心想該不會吧，沒想到她真的在這裡……」

老師輕輕靠著排列著石膏像的桌子。

「有坂同學已經能依照自己的期望行動了呢。」

老師好像對於夜華的變化靜靜地感到喜悅。

那種簡直像以前夜華無法以自己的意志行動的說法，讓我很在意。

「那個，請不要為此責怪她。」

夜華身為優等生，卻會做出諷刺神崎老師的舉動，我不禁為她說話。

「這裡是我為她安排的房間。在課都上完時因為想念男朋友而到校，要對此訓話，我才覺得尷尬呢。」

在昏暗的房間裡，老師彷彿看到耀眼的事物般瞇起眼睛。

「老師在夜華的姊姊畢業後，也跟她關係很好吧。」

「……我和有坂同學的姊姊是師生關係，但我們單純是兩人很合得來。當時我也是剛上任的菜鳥教師，她姊姊則擔任班長。我們接觸的機會很多，在注意到時，我們已經結下了難解之緣。」

根據我從夜華那裡聽來的，她姊姊據說是從一年級起就足以擔任學生會長的受歡迎人物。她是受到年長老師們器重的知名畢業生，現在讀書的我們也受惠於她所留下的恩惠。

對神崎老師來說，是難忘的學生之一吧。

「夜華會提防老師，原因似乎在她姊姊。」

「她是怎麼跟你說的？」

「我想和老師想像的一樣。」

因為之前夜華的意見具有攻擊性，我沒有口頭說明。

「因為我對她來說是反派。」老師笑了。

「但真相不一樣對吧？」

我輕觸夜華纖細的肩膀。

「以前對於有坂同學而言，姊姊一直都是她的目標。據說她從小就想變得像姊姊一樣，會拚命地模仿她。」

她用過去式談論有坂姊妹的關係。

掌握關鍵的人，就是我們的班導，神崎紫鶴。

「妹妹模仿最喜歡的姊姊，這不是很可愛的故事嗎？」

「不論感情多麼好的姊妹，性格與資質方向都不同。有坂同學的姊姊是個如同行動力的代言人般的開朗孩子。她也獲選為學生會長，在更新制服款式時擔任模特兒登上了學校的介紹手冊。」

「那個傳說的模特兒是夜華的姊姊嗎？」

「她在瀨名同學你們入學前畢業了，也難怪你不知道。」

衝擊！使得報考人數大幅攀升的美少女模特兒，真實身分是我情人的姊姊。

「有坂同學在光彩亮麗上不比姊姊遜色，但她本質上更加細膩而文靜。」

「真是一對形成對比的姐妹。」

「有坂同學的姊姊對於性格不同的妹妹模仿自己感到擔憂。雖然想為她加油，但看著妹妹勉強自己很難受，她不知該如何對待她才好。不管用言語如何勸說，妹妹也聽不進去。她曾像這樣焦慮地找我商量。」

妹妹不懂姊姊的心。

以前視為理想的姊姊胸中曾抱著這樣的煩惱，夜華大概也是第一次聽說吧。

「──那麼，只要妳妹妹幻滅了，不就會往不同的方向摸索嗎？」

「咦？」

「當時的我聽她說了很多，最後這樣建議。那對有坂同學的姊姊本人起了積極的作用。」

然而──」

「夜華不知該如何是好，變得像迷路的小孩一樣。」

我終於明白神崎老師從入學開始就一直關心夜華的理由了。

老師的建議，使得本是理想的姊姊改變了。

但是夜華本人卻像被拋下遭到孤立一般，迷失了應該追求的未來的自己。

神崎老師對這件事感到有責任。

「有坂同學也遇見了懂她的對象，太好了。」

老師浮現於昏暗中的白皙側臉流露出反省之色。

老師對於夜華的姊姊來說是很好的理解者。

只是理解範圍不包含夜華罷了。

「——教師並不是引導萬人的超人對吧？這麼說可能會冒犯，但同樣是人類，我對教師的期望並不高。」

我直言不諱的意見令老師瞪大雙眼。

這位老師也屬於相當認真的類別。

支援每個學生就很辛苦了，還試圖幫助學生的家人，這也太難辦了。

更何況她到現在還在意著菜鳥教師時代的事情。

老師一個人背負太多並不好。

「不要緊的，老師。現在有我在。」

我用開朗的語氣宣言。

我一定會保護在我臂彎中的女孩。

「……說真的，最出乎我意料的毫無疑問是你啊，瀨名同學。」

老師從桌上起身。

「話說在前頭，珍惜那孩子的人不是只有瀨名同學你而已。直到現在還無法離開妹妹的過度保護姊姊一有什麼事情就會找我商量，對我而言，她也是寶貴的學生。」

老師這麼說完，飄揚著一頭黑色長髮走向門口。

「絕對別在學校過夜。校門快關閉了喔。」

「了解了。等老師回去之後，我就叫醒她。」

「很好。」

神崎老師嘴角浮現一抹淡得幾乎會看漏的含蓄微笑，靜靜地離開了。

當腳步聲和氣息完全遠去後，我對夜華開口：

「那麼，我想妳不用再裝睡了吧？夜華？」

「……為什麼你會發現啊。」

夜華抬起上半身。

「因為妳緊貼著我啊。」

就算是細微的動作當然也會傳遞過來。

夜華在老師過來時早已清醒了。她對於他人的氣息很敏感。

然後一發現對方是神崎老師，她就決定裝睡。

因為室內依然沒有開燈，老師錯過了夜華醒來時些微的動作。

「這時候要裝作沒發現吧？」

「沒在老師在場時拆穿妳就夠溫柔了吧。那麼，聽到真相後的感想呢？」

「比起這個，那句『不要緊的，老師。現在有我在』，指的是在我身邊對吧？」

「？那是當然的吧。」

「依照解釋而定，也可以當作是你會支持那個老師！繼學妹之後是班導師嗎？」

日文好難！

「啊，別用生氣露骨地企圖蒙混過去。」

夜華明顯試圖轉移話題，我不會讓她得逞。

這對夜華來說，是重新正確看待過去的好機會。

就像我和紗夕修復了關係一般，我也盼望夜華和神崎老師能夠順利和解。

我們一起走出美術準備室。

並肩走在昏暗的走廊上，夜華悄然低語：

「……我沒辦法、輕易接受。」

「說得也是。」

在夜華長大的有坂家，大家都能力優秀又善於社交。

在這樣的環境中，生來性格文靜的夜華用模仿姊姊的方式拚命想追上家人。

在她姊姊眼中，強迫自己努力的妹妹很可憐吧。

傾注的感情愈深，愈難以放棄。

姊姊的變化使得夜華失去範本，被迫面對自己。

夜華本身在不知道自己想做什麼的狀態下痛苦煩惱過，這是事實。

「要思考到能夠接受為止，還是要忘掉，都是妳的自由。因為過去無法重來。」

「今天希墨說的話特別真情實感呢。」

夜華壞心眼地笑了。

「不過，如果過去重新來過，妳大概就不會就讀永聖了吧？」

「嗯。我只是因為姊姊在這裡而考這所學校，的確沒有積極的理由。」

「這麼一來，我與妳就不會邂逅了。」

我以殷切的心情說道。

邂逅無法選擇。

正因為如此，我想連夜華受傷的部分一起去愛。

與我相牽的手的暖意與在胸中燃燒的熱情愛火都不是幻想，這比什麼都更加珍貴且令人憐愛。

「——也可以這樣解讀呢。」

夜華表情開朗，顯得心滿意足。

「所以我喜歡你。只是跟你說話，我就能覺得自己的煩惱很渺小。」

「那就好。」

我希望心上人一直都面帶笑容。

我向自己發誓，我想成為能夠實現這個目標的人。

「吶，希墨！要不要去吃個飯？下次放假時我想去約會，想先決定要去哪裡！」

夜華完全恢復了精神。這不僅僅是按摩和小睡的效果吧。

對於情人美好的提議，我當然不可能拒絕。

# 第十一話　雖然幸福快樂，但週末更加快樂

與夜華的假日約會終於到來。

我在手機鬧鐘響起前睜開眼睛。

關於服裝等準備工作，已在前一天全部完成。

我換上衣服，邊吃早餐邊看電視查看氣象預報。

今天一整天天氣晴朗，是適合約會的好天氣。

「好，看來天氣也沒問題。」

「吶，希墨。你今天為什麼早起？」

一起吃著早餐的映很感興趣地問。

「我要和夜華出去。」

「真好～！人家也想去！」

「妳要上才藝課吧。妳打算蹺課嗎？」

「只有夜華和希墨去玩，太～奸詐～了～」

「才不奸詐。假日帶著妹妹一起約會，這是處罰遊戲嗎？」

「夜華會高興的。」

妹妹斷言。妳作為備受關愛角色的自信也太高了吧。

不過，夜華也很中意映，實際上大概沒問題就是了。

起碼在第一次的假日約會，我想要留下兩人單獨的快樂回憶。

我送映出門上才藝課，在收拾完早餐時，門鈴響了。

來訪的人是紗夕。

「早安，希學長。」

「早安，紗夕。怎麼了？」

「上次收了土產，我來回禮。我送了媽媽烘焙的點心過來。」

紗夕將手中的紙袋交給我。我打開一看，裡面裝著仔細包裝好的手工餅乾。

「還是老樣子，看起來很可口呢。謝謝。」

「哪裡的話，你送的溫泉饅頭也很好吃。謝謝招待。」

有禮地道謝後，紗夕目不轉睛地觀察我的打扮。

「希學長。你要跟夜學姊約會嗎？感覺打扮得很用心。」

「算、算是啦。」

「……你該不會在緊張？」

「那是當然的吧。吶，妳看我這樣子沒問題嗎？服裝有什麼奇怪的地方嗎？」

不愧是相處多年，完全被她看穿了，我不禁要求紗夕為我進行時尚檢查。

「就算很土，只要請夜學姊陪你去買適合穿搭的衣服就行了不是嗎？」

「真草率！沒有什麼更可用的建議嗎！」

「噗！你已經確實跨越了最低限度的門檻。進一步給建議感覺會摻雜我的喜好，所以我才迴避的說！」

沒想到她對此很注意。

「是這樣嗎？」

「如果穿著根據其他女人的興趣搭配的衣服去約會，坦白說很令人不快。特別是夜學姊，一定會發現。」

「抱歉。」

「不用擔心，夜學姊也是確實愛著你喔。」

彷彿要讓我放下緊張，紗夕這麼打包票。

這段對話感覺就像從前一樣。

「說得也是。」

「哇～秀恩愛。啊～跟情人約會，感覺好快樂！」

「紗夕。」

「怎麼了？還有事要找我商量？」

「——謝了。」

紗夕有一瞬間垂下眼眸，然後擺出笑容。

「不要一去約會就令她失望而被甩掉喔。」

「我會小心的。」

「如果瀨名會下次要出去玩，一定要找我喔！」

「……我說，可不可以別真的取那個名稱？起碼改成七村會吧？」

「噗！那樣就沒意義了。因為有希學長在，那些人才能聚在一起。不管有沒有抱著戀愛感情都是如此！」

被紗夕說到這個份上，我也不好意思再發牢騷。

……不知為何感覺受到危險的微妙含意，一定是我多心了吧。

為關係命名，其實非常重要。

光是有一面掛起的招牌，就會強化聯繫。

我以情侶宣言明確了我和夜華的關係。

同樣地，有可以聚會的瀨名會，不同學年的紗夕也會與我們加強聯繫。

「那麼，希學長，幫我向夜學姊打招呼！」

雖然可愛卻不可愛的學妹笑著回去了。

「好了，我也出發吧。」

我獨自走到本地的車站。
然後搭乘搖晃的電車，到達離目的地最近的車站。
我一邊避開大量人潮，一邊前往會面地點。
一片人山人海中，唯有那裡像空洞般形成一塊無人的空間。
空間中央站著一位特別漂亮的美少女。
有坂夜華已經在等候了。
在學校外面看到夜華，我感覺很新鮮。
這也是我第一次看到她穿便服，感覺非常適合她。
周遭來往的行人，似乎也不分男女目光都被夜華所吸引。
夜華本人無所事事地站在那裡。
她大概是不習慣一個人待在這樣的鬧區吧。
我瞥了手錶一眼查看時間。
距離約好的會面時間還有三十分鐘以上。
「她等不及了嗎？」
跟我一樣。
夜華忽然抬起目光。
一在人群中發現我，夜華端正的臉龐綻放出炫目的笑容。

我朝著夜華筆直地奔跑過去。

今天是期待已久的假日約會。

完

# 後記

初次見面，還有好久不見。我是羽場楽人。

感謝各位這次閱讀《除了我之外，你不准和別人上演愛情喜劇》第二集。

從成為兩情相悅的情侶後展開的愛情喜劇，這次講的是未能告白的單戀女孩的故事。有能夠結合的戀情，也有未能實現的戀情。

我想任何人都有過為失戀悲傷心痛煩惱的經驗。

不僅限於戀愛，將自己的想法傳達給對方真的很困難。

特別是對話這種溝通，基本上是一次定勝負。如果當場進展不順利，就會感到後悔或沮喪。

相反的，在成功傳達時又會帶來無可取代的喜悅。

托大家的福，本作的第一集獲得了我成為作家以來最高的迴響，已決定將出版第三集。第一次寫到第三集！太好了！

從出版前就獲得多得令人驚訝的迴響，身為作者，再也沒有比這更令人高興的事了。但願能與新讀者們建立長久的關係。從過去作品開始支持我的讀者們，我要特別感謝各位。

這次提供一個幕後花絮。像御坂、高坂與逢坂等等，我發現電擊文庫的人氣女主角們姓氏常會用到「坂」字，因此將夜華的姓氏取為有坂。

責任編輯阿南先生。這次你對稿子提出了比以往還多的改善點，又得到你比以往還高的讚美，成為了令人印象深刻的一集。以後也請繼續指教。

插畫イコモチ老師。明明是續集，卻有Cosplay服與泳裝等許多新設計要畫，真不好意思。每次收到插畫，我都會欣喜得顫抖，從中獲得創作上的刺激。對於充分將本作的魅力視覺化的出色才能，我唯有滿懷感謝。今後還請繼續給予支持。

設計、校對、業務等為本書出版給予助力的相關人士，我謹在此致謝。

我的家人、朋友還有同行，總是很感謝大家。表哥J，恭喜你結婚了。我真的很高興！祝你們永遠幸福！

下一頁是第三集的預告。存在從第一集就已登場過的那個角色，要在準備萬全下登場了。等待著希墨與夜華的驚人情節發展，究竟是——

以上，是羽場楽人的後記。我們第三集再見。

BGM：紅色公園《Orange》

——時間倒轉。

瀨名希墨與有坂夜華離開學校時，神崎紫鶴的手機接到了電話。

上面顯示的來電者名字，是有坂夜華的姊姊。

紫鶴在夕陽西下，不見人影的昏暗走廊角落接了電話。

「喂。」

『紫鶴？我回來了。哎呀，南洋島嶼真好玩。下次我們兩個人去旅行吧。我還買了土產，下次見面時給妳。』

電話另一頭傳來的聲音因為時差影響顯得很睏倦。

紫鶴沒有理會，先進行事務性報告。

「就像妳聯絡中提到的，妳妹妹來學校了。」

『明明沒怎麼睡，小夜還真有精神。她一回到家就換上制服，又匆匆忙忙地跑出門了。她就那麼想念男友君嗎？』

「因為妳妹妹一心迷戀著他啊。」

『吶吶，紫鶴知道小夜的男友君的名字吧？偷偷告訴我嘛。不管問小夜幾次，她都堅決不肯透露。』

「這是學生的隱私，我會保持緘默。」

即使對方是以前的學生、現在的好友，不混淆公私界線的紫鶴也沒有具體地回答。

『真小氣～他是什麼樣的男生？至少給我提示嘛。作為代理監護人，如果可愛的妹妹被壞男人纏上，我會擔心的～』

「他是值得信賴的孩子，所以沒問題。」

『喔……紫鶴會打包票還真少見。又是班長？妳這麼器重的學生，不是自我以來的第二個嗎？真不愧是我自豪的妹妹，但她的祕密變多，姊姊覺得好寂寞～』

有坂夜華的姊姊——有坂亞里亞依然洞察能力敏銳。

她比她教過的任何學生都更令人印象深刻，在成為朋友關係的現在，紫鶴很倚重她。

因此，紫鶴不禁在突然打來的電話中吐露私人的煩惱。

「亞里亞。」

『……嗯？紫鶴，怎麼了嗎？』

「我可能會結婚，辭去教職。」

「——告訴我詳情。我會幫助妳。」

有坂亞里亞的聲音非常認真，絲毫感覺不出睡意。

第三集待續

秋季發售!!!!!!!!!!!!!!!!!!!!!!!!!!!

# 除了我之外，你不准和別人上演愛情喜劇

懷抱兩情相悅的心情，
希墨與夜華兩人作為情侶
一點一點地逐漸成長。

然而震撼這對情侶的新騷動到來。
班導師神崎紫鶴面臨危機，讓希墨下定決心。
夜華的姊姊有坂亞里亞登場，使夜華受到考驗!?
愛情喜劇戰線的狀況變得越發混亂。

**第三集預定於2022年**

©Sunsunsun, Momoco 2021 / KADOKAWA CORPORATION

**不時輕聲地以俄語遮羞的鄰座艾莉同學** 1 待續

作者：燦燦SUN　插畫：ももこ

**嬌羞美少女以俄語傳情**
**異國風校園戀愛喜劇登場！**

「И наменятоже обрати внимание.」我隔壁的絕世美少女艾莉剛才說的俄語是「理我一下啦」！其實我的俄語聽力達母語水準。毫不知情的她今天也以甜蜜的俄語遮羞？全校學生心目中的女神，才貌雙全俄羅斯美少女和我的青春戀愛喜劇！

**NT$200/HK$67**

©Ghost Mikawa 2021 / KADOKAWA CORPORATION

# 義妹生活 1~2 待續

作者：三河ごーすと　插畫：Hiten

**緩慢但確實的變化徵兆——**
**描繪兄妹真實樣貌的戀愛生活小說第二集！**

適逢定期測驗，沙季為了不拿手的科目苦惱，想幫助她的悠太為她整頓念書環境、尋找能夠集中精神的音樂。就在此時，悠太的打工前輩——美女大學生讀賣栞找他約會。聽到這件事，浮上沙季心頭的「某種感情」是……？

**各 NT$200/HK$67**

©Misaki Saginomiya 2021 / KADOKAWA CORPORATION

## 三角的距離無限趨近零 1~7 待續

作者：岬鷺宮　插畫：Hiten

**我愛上的那個女孩體內住著兩個靈魂——**
**與雙重人格少女譜出的三角戀愛故事。**

在跟秋玻與春珂談戀愛的過程中，我變得搞不懂「自己」了。春假期間，她們在旁邊支持我，陪我一起找尋自我。而人格對調時間逐漸縮短的她們同樣到了該面對自己的時候。跟雙重人格少女共度的一年結束，我得知走向終點的「她們」最後的心願——

各 **NT$200~220/HK$67~73**

©Yuu Hidaka,Tantan 2021 / KADOKAWA CORPORATION

## 【好消息】我的不起眼未婚妻在家有夠可愛。 1~2 待續

作者：氷高悠　插畫：たん旦

**我與結花陷入了祕密即將穿幫的危機！**
**可愛又讓人心暖暖的戀愛喜劇第二集。**

我與未婚妻結花一起度過的日子比想像中開心！時而在游泳池看她穿泳裝的模樣看得出神，時而來一場變裝約會，到了七夕更是兩人一起許下願望。然而，班上的二原同學令人意想不到地急速接近？我與結花的祕密即將穿幫！結花大膽的行為也愈演愈烈！

各 **NT$200~230/HK$67~77**

©Yu Omiya, Ale 2021 / KADOKAWA CORPORATION

## 小惡魔學妹纏上了被女友劈腿的我 1~4 待續

作者：御宮ゆう　插畫：えーる

**與學妹真由展開期間限定的「體驗交往」!?**
**搖擺於愛情與友情之間，有些成熟的戀愛喜劇第四集！**

解開劈腿那件事所帶來的芥蒂，我跟前女友禮奈都踏出了新的一步，但也並非重修舊好，只是成為互相理解並能談心的好對象。這時，總是泡在我家的學妹真由與我的關係也逐漸改變，我們展開期間限定的「體驗交往」，開啟情侶模式的她將我耍得團團轉……

各 **NT$220~240/HK$73~80**

©Kotobuki Yasukiyo 2020 / KADOKAWA CORPORATION

# 賢者大叔的異世界生活日記 1~12 待續

Kadokawa Fantastic Novels

作者：寿 安清　插畫：ジョンディー

**歌德蘿莉小邪神隆重登場♪**
**她要展開反攻，向四神報仇雪恨!!**

在傑羅斯成功地向姊姊莎蘭娜報仇後，有個全裸少女出現在他面前，其真實身分是復活的小邪神「阿爾菲雅・梅加斯」，為了奪回這個世界，她的反攻終於要開始了!!對誘人的歌德蘿莉服非常滿意的小邪神，心裡藏著巨大的野心，就此展開行動!!

各 **NT$220~240/HK$73~80**

©Tsutomu Sato 2021 / KADOKAWA CORPORATION

續・魔法科高中的劣等生

# 魔法人聯社 1~2 待續

作者：佐島 勤　插畫：石田可奈

## 魔法至上主義激進派組織「FAIR」登場 保衛聖遺物爭奪戰全力展開！

發生了魔法師覬覦加工半成品聖遺物的犯罪案件。其幕後的黑手是人造聖遺物竊盜案罪犯隸屬的USNA魔法至上主義激進派組織「FAIR」指派「進人類戰線」所犯下的案件！達也為了避免聖遺物流入犯罪組織手中，結合各方勢力全力展開保衛戰！

各 NT$220/HK$73

©Bokuto Uno 2020 / KADOKAWA CORPORATION

# 七魔劍支配天下 1~5 待續

作者：宇野朴人　插畫：ミユキルリア

**最強魔法與劍術的戰鬥幻想故事第五集登場！**
**2020年《這本輕小說真厲害》文庫本部門第一名！**

奧利佛和奈奈緒追著被帶進迷宮的皮特來到恩里科的研究所。他們在那裡目睹可怕的魔道深淵，並隱約窺見了魔法師和「異端」漫長的抗爭。另一方面，奧利佛與同志們選定恩里科為下一個復仇對象，他的第二次復仇究竟將迎來什麼樣的結局──

各 **NT$200~290/HK$67~97**

國家圖書館出版品預行編目資料

除了我之外，你不准和別人上演愛情喜劇 / 羽場楽人作 ; K.K. 譯 . -- 初版 . -- 臺北市 : 臺灣角川股份有限公司 , 2022.03-
冊 ; 公分 . -- (Kadokawa fantastic novels)
譯自 : わたし以外とのラブコメは許さないんだからね
ISBN 978-626-321-283-1( 第 1 冊 : 平裝 )
ISBN 978-626-321-528-3( 第 2 冊 : 平裝 )

861.57　　111000488

Kadokawa
Fantastic
Novels

# 除了我之外，你不准和別人上演愛情喜劇 2

（原著名：わたし以外とのラブコメは許さないんだからね 2）

2022年6月27日　初版第1刷發行

作　者：羽場楽人
插　畫：イコモチ
譯　者：K.K.

發行人：岩崎剛人
總編輯：蔡佩芬
編　輯：黎夢萍
美術設計：李思穎
印　務：李明修（主任）、張加恩（主任）、張凱棋

發行所：台灣角川股份有限公司
地　址：104台北市中山區松江路223號3樓
電　話：（02）2515-3000
傳　真：（02）2515-0033
網　址：www.kadokawa.com.tw
劃撥帳戶：台灣角川股份有限公司
劃撥帳號：19487412
法律顧問：有澤法律事務所
製　版：尚騰印刷事業有限公司
ＩＳＢＮ：978-626-321-528-3

※版權所有，未經許可，不許轉載。
※本書如有破損、裝訂錯誤，請持購買憑證回原購買處或連同憑證寄回出版社更換。

WATASHI IGAI TONO LOVE COMEDY HA YURUSANAINDAKARANE Vol.2
©Rakuto Haba 2021
Edited by 電撃文庫
First published in Japan in 2021 by KADOKAWA CORPORATION, Tokyo.
Complex Chinese translation rights arranged with KADOKAWA CORPORATION, Tokyo.